CAMPUS

Ouvrage publié originellement par Simon Pulse,
une marque de Simon & Schuster Childen's Publishing Division
sous le titre :
Private
Pour la traduction française

18, rue Barbès, 92128 Montrouge Cedex
ISBN : 979-1-0363-0949-6
Dépôt légal : mai 2020.
Loi n°49-956 du 16 juillet 1949 sur les publications destinées à la jeunesse.

Cet ouvrage a été mis en pages
par DV Arts Graphiques à La Rochelle.

Impression réalisée par Novoprint en avril 2020

PEFC PEFC/14-38-00277

Kate Brian

CAMPUS

1 Bienvenue à Easton

Traduit de l'anglais (États-Unis)
par Sidonie Van den Dries

bayard

Changement de décor

Je viens d'un endroit où tout est gris : les rues commerçantes bétonnées aux vitrines ternes. L'eau du lac, en centre-ville. Même la lumière du soleil y est blafarde. Nous n'avons quasiment pas de printemps et jamais d'automne. Les feuilles tombent des arbres rachitiques chaque année en septembre avant même d'avoir changé de couleur et s'amassent sur les toits en bardeaux des pavillons, tous identiques.

Si vous cherchez la beauté à Croton, en Pennsylvanie, autant vous réfugier dans votre petite chambre carrée de trois mètres sur trois, dans votre vilaine maison de lotissement à un étage, fermer les yeux et laisser libre cours à votre imagination. Certaines filles se voient arpenter des tapis rouges au bras de stars de cinéma, sous les crépitements des flashes. D'autres se rêvent en princesses, couvertes de diamants et de diadèmes, escortées par des chevaliers montant de blancs destriers. Quant à moi, l'objet de mes fantasmes pendant toute mon année de troisième fut l'académie d'Easton.

Comment ai-je atterri dans l'endroit de mes rêves, alors que mes camarades retrouvaient le sordide lycée de Croton ? Mystère. Sans doute en partie grâce à mes prouesses au foot et au hockey sur gazon, à mes notes et à la chaleureuse recommandation de Félicia Reynolds, une ex de mon frère Scott récemment diplômée d'Easton. Un peu aussi grâce aux supplications de mon père, mais qu'importe : désormais, seul le résultat comptait. J'y étais, et c'était exactement comme dans mes rêves.

Assise à côté de papa, qui conduisait notre Subaru cabossée dans les rues ensoleillées d'Easton, dans le Connecticut, je faisais un effort surhumain pour ne pas écraser mon nez contre la vitre maculée de bave de chien séchée. Ici, les boutiques avaient des stores de toile multicolores et leurs vitrines miroitaient. Les réverbères, d'un modèle ancien, avaient dû être allumés autrefois par un cavalier équipé d'une perche et d'un flambeau. Ils étaient ornés de pots de terre cuite d'où jaillissaient des cascades de fleurs rouge vif, qui dégoulinaient encore d'un récent arrosage.

Même les trottoirs étaient coquets : propres et bordés de briques, plantés çà et là de chênes imposants. Sous l'ombre d'un de ces arbres, j'aperçus deux filles de mon âge, qui sortaient en bavardant d'une boutique nommée « Petits riens ». Dans leurs sacs de plastique transparents, je devinai des pulls et des jupes soigneusement pliés. J'avais beau me sentir décalée dans mon vieux jean et mon T-shirt bleu, c'était ici que je voulais vivre, et nulle part ailleurs. J'avais pourtant du mal à croire que ce rêve allait bientôt devenir réalité. Quelque chose de chaud me gonfla la poitrine. Je n'avais rien ressenti de tel depuis des années, depuis l'accident de ma mère, mais je reconnus ce sentiment : c'était de l'espoir.

Une petite route montait en lacets depuis la ville jusqu'aux collines où était situé le lycée. Un écriteau de bois, posé sur une pierre, en marquait l'entrée. « Académie d'Easton, fondée en 1858 », disaient les caractères passés. La pancarte, en partie masquée par la branche basse d'un bouleau, semblait délivrer un message subliminal : « Si vous avez votre place ici, vous savez où nous trouver. Dans le cas contraire, à quoi bon vous guider ? »

Mon père tourna le volant et, tandis que nous franchissions le vaste porche, je me sentis comme aspirée à l'intérieur. Peu après, nous découvrîmes les bâtiments de pierre et de brique coiffés de toits en bardeaux et hérissés de flèches composant l'école. Des chiffres, gravés sur certains linteaux, disaient toute la noblesse, la tradition qui imprégnaient ces lieux. Des passages voûtés érodés étaient fermés par de lourdes portes de bois aux pentures de fer.

Les allées de pavés arrondis étaient bordées de lits de fleurs impeccables. Les pelouses vert vif étaient traversées de lignes blanches scintillantes. Tout était parfait. Pas du tout comme chez moi...

– Reed, c'est toi le copilote : dis-moi où je vais, me lança mon père.

À force de le froisser entre mes mains, j'avais transformé le plan d'Easton en une boulette moite. Oubliant que je le connaissais par cœur, je le lissai sur ma cuisse.

– Prends à droite à la fontaine, lui indiquai-je en m'efforçant de ne pas trahir ma nervosité. Le dortoir des filles de seconde est dans le dernier bâtiment.

Nous dépassâmes une Mercedes cabriolet près de laquelle se tenait une jeune fille blonde. Les bras ballants, elle regardait un homme – son père ? son majordome ? – décharger une myriade de bagages Louis Vuitton.

– Eh bien... Ces gens-là savent vivre ! siffla papa.

J'avais beau partager son sentiment de respect craintif, son attitude m'irrita. Je le vis tendre le cou pour admirer l'horloge, au sommet de la tour. Pour avoir feuilleté des heures durant le dépliant d'Easton, je me rappelais qu'elle ornait l'ancienne bibliothèque.

« Papaaa ! » brûlais-je de lui lancer sur le ton du reproche. Cependant, je me contentai de l'approuver d'un hochement de tête. Il allait bientôt partir. Si je l'envoyais balader, j'étais sûre de le regretter lorsque je me retrouverais seule dans cet endroit inconnu, tout droit sorti d'un livre d'images. De plus, j'avais l'impression que des filles comme celle que nous venions de croiser ne disaient jamais « papaaa ! ».

Devant les imposants bâtiments des dortoirs, disposés en arc de cercle à mi-hauteur de la colline, des parents embrassaient leurs enfants et s'assuraient que rien ne leur manquait. Des garçons en pantalon de toile et polo blanc avaient quitté leur veste pour taper dans un ballon de football et couraient, les joues marbrées de rouge. Deux professeurs aux mines sévères, postés près de la fontaine, hochaient la tête et conversaient à mi-voix. Des filles aux cheveux brillants comparaient leurs emplois du temps en riant et pouffaient derrière leurs mains.

Je les regardai et me demandai si nous ferions bientôt connaissance, si je me lierais d'amitié avec certaines d'entre elles. Je n'avais jamais eu beaucoup d'amies. À vrai dire, je n'en avais jamais eu aucune. Je m'étais longtemps appliquée à maintenir les gens à bonne distance de ma maison et de ma mère... et donc de moi, fatalement. J'étais solitaire par nécessité. Cela dit, je ne partageais pas les centres d'intérêt de la plupart des filles : les fringues, les ragots et les magazines *people*.

J'avais toujours été plus à l'aise en compagnie des garçons. Ils ne posaient pas de questions, n'insistaient pas pour voir ma chambre ni pour connaître les détails de ma vie privée. En fait, je traînais pas mal avec mon frère Scott et ses copains, surtout Adam Robinson, avec qui j'étais sortie tout l'été. Adam entrait cette année en terminale au lycée de Croton. En rompant avec lui pour aller étudier à Easton, j'avais renoncé au privilège d'arriver en voiture avec mon petit ami le jour de la rentrée. Ce choix, sans aucun doute, laisserait perplexes mes anciennes camarades de classe. Un rien les étonnait.

J'espérais que ce serait différent ici. Je le pressentais. Dans un cadre pareil, c'était forcé.

Mon père se gara près du trottoir, entre une Land Rover couleur bronze et une limousine noire. Je repérai le bâtiment nommé Bradwell. Ses murs couverts de vigne vierge abritaient le dortoir des filles de seconde, où je devais loger cette année. Plusieurs fenêtres ouvertes laissaient filtrer de la musique. Des rideaux roses ornaient l'une d'elles, et une fille aux boucles brunes allait et venait dans la pièce, déplaçant des objets, s'appropriant les lieux.

– Et voilà, on y est, dit papa.

Il hésita un instant avant de poursuivre :

– Tu es sûre de toi, ma puce ?

Estomaquée, je ne répondis pas aussitôt. Pendant les longs mois où mes parents avaient discuté de ma venue à Easton, seul mon père n'avait jamais exprimé le moindre doute. Même Scott, dont c'était l'idée au départ, s'était dérobé quand il avait découvert le montant exorbitant des frais de scolarité. C'était pourtant lui qui m'avait suggéré de suivre les traces de Félicia, venue faire à Easton sa première et sa terminale. Depuis le printemps dernier, elle était en fac à Darmouth, autant dire sur le sentier de la gloire...

Papa, lui, m'avait offert un soutien sans faille depuis le premier jour. Il avait envoyé mes vidéos de hockey et de football, passé des heures au téléphone avec le service des bourses, sans jamais cesser de me rassurer en affirmant que j'allais leur en mettre plein la vue.

Je scrutai ses yeux, du même bleu que les miens, et je compris qu'il ne doutait pas un instant de ma capacité à réussir dans cette école. Il doutait simplement de pouvoir se débrouiller sans moi à la maison. Je vis en pensée des flacons de pilules. Des petits cachets bleus et blancs, éparpillés autour d'un cercle d'eau sur la table de nuit. Une poubelle pleine de bouteilles de sirop vides et de mouchoirs chiffonnés. Ma mère, maigre, pâle et nerveuse, se plaignant de sa souffrance et des malheurs qui l'accablaient, nous reprochant notre indifférence, nous maltraitant, Scott et moi, nous répétant que nous étions des bons à rien à seule fin de nous rendre aussi malheureux qu'elle. Scott avait trouvé une issue : il avait fait ses valises et était parti pour l'université de Penn State depuis une semaine déjà. Désormais, il n'y aurait plus que mon père et ma mère dans leur pavillon sordide. Cette idée me déprimait.

– Je ne suis pas obligée de rester, murmurai-je. Si tu veux, je rentre avec toi. Tu n'as qu'à le décider.

La seule pensée qu'il pourrait accepter me nouait le ventre. Voir cet endroit magique, sentir son atmosphère, puis devoir y renoncer au bout de cinq minutes m'aurait causé une douleur mortelle, j'en étais sûre. Papa esquissa un sourire.

– Mais oui, quelle bonne idée ! Allons, Reed, tu me crois vraiment capable de te faire une chose pareille ? Enfin, c'est gentil de le proposer. Merci.

Je souris avec tristesse.

– De rien.

– Je t'aime, ma puce, dit-il.

Cela, je le savais déjà. Me faire sortir de ce trou glauque pour étudier dans cette école de rêve était la plus grande preuve d'amour qu'un parent puisse donner à son enfant. Mon père, ce héros !

– Moi aussi, je t'aime, papa.

Il me serra contre lui et je fondis en larmes. Puis, aussitôt, vint le moment des adieux.

Intimidation

– L'académie d'Easton est un des lycées les plus prestigieux du pays. C'est, je suppose, la raison pour laquelle vous avez demandé à y être admise. Cependant, les élèves issus d'écoles publiques trouvent souvent les débuts... difficiles. J'espère, bien sûr, que cela ne sera pas votre cas, mademoiselle Brennan...

Mon professeur référent, Mlle Naylor, avait des cheveux gris et des bajoues. D'authentiques bajoues qui tremblotaient quand elle parlait. Et, quand elle parlait, c'était surtout pour insinuer que j'avais commis une grave erreur en m'inscrivant à Easton, que je ne faisais pas le poids et que j'allais échouer lamentablement avant même d'avoir assisté à mon premier cours.

– Moi aussi, je l'espère, dis-je en lui adressant un sourire aimable.

Mlle Naylor tenta non sans mal de m'imiter. J'en conclus qu'elle ne devait pas sourire souvent.

Son bureau, situé au sous-sol, n'était éclairé que par deux soupiraux, presque à hauteur du plafond. Les murs de pierre, couverts d'étagères croulant sous des livres poussiéreux, contribuaient à l'obscurité ambiante.

– Les programmes scolaires d'Easton sont très avancés, reprit-elle. Ici, les élèves de troisième suivent des cours que l'on jugerait du niveau de terminale dans votre ancien établissement.

Son corps rond, incrusté entre les bras de son fauteuil, donnait l'impression qu'elle faisait corps avec le siège, et, vu l'odeur d'oignon qui flottait dans l'air, on pouvait soupçonner qu'elle ne quittait jamais la pièce. En ce cas, son dernier repas devait être vraiment rance.

Elle étudia un papier sous son nez. Je supposai qu'il s'agissait de mes notes de Croton.

– Vous allez devoir travailler d'arrache-pied pour suivre. Êtes-vous prête à relever le défi ?

– Euh... ouais, fis-je.

Elle me regarda, déconcertée. Qu'attendait-elle comme réponse ? « Non » ?

– Je vois que vous êtes boursière, dit-elle. Tant mieux. Nos élèves boursiers ont en général la rage au ventre et sont déterminés à atteindre leurs objectifs.

Elle referma son dossier et se pencha vers moi. Un rai de lumière tombé d'un soupirail éclaira la ligne distincte entre son visage tartiné de fond de teint et les replis de chair de son cou.

– À Easton, nous sommes très exigeants vis-à-vis de nos élèves, dit-elle. Je mets un point d'honneur à faire réussir ceux que je conseille, aussi garderai-je un œil attentif sur vous, mademoiselle Brennan. Ne me décevez pas.

J'étais peut-être parano, mais cette dernière phrase me fit l'effet d'une menace. Il y eut un silence. Il me sembla que je devais dire quelque chose.

– Entendu, hasardai-je.

Mlle Naylor plissa les yeux, sortit brusquement une feuille de papier d'une chemise et me la tendit au-dessus de la petite plaque de bronze où était gravé son nom, au coin de son bureau. On y lisait aussi sa fonction de conseiller pédagogique. Pour ma part, j'avais surtout le sentiment qu'elle me conseillait de plier bagage et de rentrer chez moi par le premier avion.

– Votre emploi du temps, fit-elle.

Je pris la feuille et la parcourus assez vite, notant au passage quelques intitulés de cours : « Histoire de l'art », « Travaux pratiques », « Français 3 ». Par quel mystère avais-je atterri en « Français 3 » ?

– Merci, dis-je.

Je constatai avec soulagement que ma voix ne tremblait pas, contrairement à mes mains et au reste de mon corps.

– Et voici le code de l'honneur...

Elle me tendit un autre papier, plus épais que le premier. En haut à gauche figuraient les armoiries d'Easton, ainsi que le titre : « Code de l'honneur des élèves de l'Académie d'Easton ». En dessous, la devise : « Tradition, Honneur, Excellence ».

– Lisez et signez, m'ordonna Mlle Naylor.

Je m'exécutai. Le code de l'honneur précisait simplement que je ne devrais pas tricher et que je dénoncerais tout camarade susceptible de le faire. En cas de manquement à ces règles, je serais renvoyée. L'académie d'Easton ne vous offrait pas de seconde chance ! Cependant, comme je n'avais jamais éprouvé le besoin de frauder à l'école, et que j'avais du mal à imaginer qu'un élève accepté dans ce lycée ait dû recourir à de telles pratiques, je le signai sans hésiter et le rendis à Mlle Naylor. Elle étudia ma signature.

– Je ne vous retiens pas, dit-elle. Les présentations des maisons commencent dans un quart d'heure. Évitez de faire mauvaise impression à votre mère de maison le premier jour.

– Merci, répétai-je en me levant.

– Ah, mademoiselle Brennan...

Je la regardai de nouveau. Un rictus déformait son visage ; je le pris pour une tentative de sourire.

– Bonne chance ! me lança-t-elle.

Le « vous en aurez besoin » était sous-entendu.

Nostalgique de la bouffée d'espoir que j'avais ressentie dans la voiture de mon père, j'empoignai la froide poignée de porte en cuivre et sortis sans demander mon reste.

Rencontre

Ma tendance à marcher la tête baissée avait ses avantages et ses inconvénients. Le principal inconvénient était que je m'étais heurtée à beaucoup de gens, par le passé. L'avantage était que j'avais trouvé quantité de choses : des dizaines de pièces de monnaie, des colliers et des bracelets, des mots doux que leurs destinataires pensaient avoir rangés à l'abri dans un cahier... Un jour, j'avais même ramassé un portefeuille plein de billets. Quand je l'avais rendu à son propriétaire, il m'avait offert une récompense de cinquante dollars.

En revanche, j'aurais dû me douter que c'était une mauvaise idée d'arpenter le campus de cette manière. J'étais au beau milieu de la cour située derrière les dortoirs, quand j'entendis quelqu'un crier : « Attention la tête ! »

Bien sûr, je regardai en direction de la voix, alors que j'aurais dû rentrer la tête dans les épaules.

Je lâchai mon emploi du temps pour attraper à la volée un ballon de foot, un dixième de seconde avant qu'il ne m'envoie à l'infirmerie avec le nez cassé.

– Pas mal, les réflexes !

Le garçon qui venait de parler était assis pile sur ma trajectoire. Si la balle avait réussi à me défigurer, je lui aurais foncé dedans. Il glissa dans sa poche le portable dernier cri qu'il utilisait pour rédiger un texto, déplia ses longues jambes et se leva, ramassant au passage mon emploi du temps. Ses cheveux bruns dégringolèrent sur son front dans un désordre étudié et une boucle tomba devant un de ses yeux, d'un bleu saisissant. Il portait un T-shirt gris moulant qui soulignait son torse souple et musclé. Ses traits étaient anguleux, et sa peau hâlée ne présentait pas l'ombre d'une imperfection.

– Nouvelle ? demanda-t-il en me regardant de haut en bas.

Je rougis.

– Ça se voit à ce point ?

– Je connais tout le monde, dans ce bahut.

– Tout le monde ? C'est impossible.

– C'est une petite école, dit-il sans cesser de m'examiner.

Ce n'était pas mon impression : elle m'avait paru immense, au contraire. Mais bon, je venais d'arriver...

– Pearson, arrête de draguer et renvoie la balle ! cria une voix.

J'avais vaguement senti la présence de plusieurs garçons autour de nous. À présent, ils se manifestaient. Ledit Pearson me fit signe de lui donner le ballon et je regardai ses amis ; ils étaient six, essoufflés, en sueur, à environ vingt mètres de nous. Plutôt que de le lui passer, je me tournai, reculai de quelques pas et tirai. La balle atterrit dans les mains du joueur que j'avais visé. Son voisin, un grand blond baraqué qui transpirait l'arrogance, me lança un regard lascif avant de retourner dans le jeu en trottinant.

– Reed Brennan, seconde.

Je sursautai. « Pearson » lisait mon emploi du temps. Je tendis la main :

– Euh… Je vais le récupérer.

Il esquiva mon geste et leva le bras pour mettre la feuille hors de ma portée. Je réfléchis à toute vitesse : ce document contenait-il des informations compromettantes, ou trop personnelles ? Disait-il que j'étais boursière ? D'où je venais ?

– Hmm, pas facile, ces matières. On a affaire à une tête !

Son ton ne me permit pas de déterminer si c'était un compliment ou un reproche.

– Pas vraiment, me défendis-je.

– Et modeste, en plus !

Il me regarda en coin :

– Tu es une de ces filles, exact ?

– Quelles filles ? demandai-je, écarlate.

– Ces filles intelligentes qui font semblant de ne pas l'être. Ces filles belles comme des top models qui répètent à qui veut les entendre qu'elles sont moches.

« Belle » ? Au secours ! J'avais horreur des compliments : je n'avais jamais su comment les prendre, et encore moins ceux que je soupçonnais d'être hypocrites.

– Ces filles dont l'existence est une torture pour toutes les autres, et surtout pour celles qui manquent de confiance en elles, continua-t-il.

Je lui arrachai mon emploi du temps des mains et le fourrai dans ma poche de jean.

– Et toi, tu es un de ces mecs odieux qui croient tout savoir, et qui sont tellement imbus de leur personne qu'ils sont persuadés qu'on rêve tous de connaître leurs pensées sans intérêt ? répliquai-je.

Il sourit de toutes ses dents :

– Touché !

Il ne se souciait même pas de paraître vexé. Tout en lui respirait l'effronterie : « Je sais qui je suis, semblait-il dire, et je me moque de ce que vous pensez, toi et les autres. » Je l'enviais.

Il me tendit la main :

– Reed Brennan, seconde, je me présente : Thomas Pearson, terminale.

Jamais personne de mon âge ne m'avait serré la main. Perplexe, je lui offris la mienne. Sa paume était chaude et son étreinte fit courir un frisson dans mon dos. Son sourire s'accentua. Éprouvait-il la même chose que moi, ou avait-il seulement senti mon trouble ?

Son portable sonna soudain, et il le sortit de sa poche gauche. Étrange : j'aurais juré qu'il l'avait rangé dans l'autre.

– Je suis obligé de décrocher, s'excusa-t-il en faisant tourner le téléphone dans sa main comme un six-coups de western. Les affaires passent avant le plaisir... et ce fut un réel plaisir de vous rencontrer, Reed Brennan !

J'ouvris la bouche pour répondre, mais rien n'en sortit.

– Pearson, dit-il dans le téléphone.

Puis il partit d'un pas tranquille, la tête haute et tellement à l'aise qu'on aurait pu le prendre pour le maître des lieux. Ce qu'il était peut-être, en fait...

Déplacée

Ma compagne de chambre, Constance Talbot, était une bavarde invétérée. Apparemment, elle n'avait pas besoin d'oxygène pour vivre : elle commença à parler au moment où je pénétrais dans notre chambre, après ma rencontre avec Thomas Pearson, et ne s'arrêta pas une seule fois pour respirer. Pendant qu'elle babillait, je regardai les affiches de groupes de rock et les reproductions d'esquisses de Rodin qu'elle avait accrochées aux murs. J'embrassai du regard les piles de pulls, de T-shirts et de pantalons en velours côtelé taille basse qui s'alignaient sur son lit. Et, ce faisant, je me demandai si son ancien lycée l'avait renvoyée pour avoir la paix.

Son sujet de conversation préféré ? Elle-même. Et moi qui pensais que les filles seraient différentes, ici... Quelle naïve j'étais ! Il me fallut moins d'une minute pour apprendre qu'elle était enfant unique, qu'elle était nouvelle comme moi, qu'elle fréquentait l'année précédente une école privée de Manhattan, où elle aurait pu rester si elle n'avait ressenti le besoin « d'ouvrir son horizon », que son chien répondait au triste nom de Pooky [1] et que son petit ami, Clint, vivait dans l'Upper East Side [2].

– Avec Clint, on a assisté au concert de U2 l'été dernier au Garden [3]. Ce n'est pas qu'on aime spécialement le Garden, mais U2 n'a pas des millers d'endroits où jouer... Enfin, bref, grâce à papa, on a eu des badges pour aller backstage : c'est lui qui faisait la promo du concert, et... Je t'ai dit que mon père était producteur ?

Oui, elle me l'avait dit.

– Papa nous avait prévenus que les artistes ne seraient pas là mais qu'on pourrait voir leurs loges, là où ils s'habillent et se reposent... Donc on y va, on ouvre la porte, et devine sur qui on tombe, nez à nez ? Devine !

C'était à mon tour de parler :

– Bono ?

– Oui, Bono ! s'exclama-t-elle. Devant nous ! Genre, à deux mètres ! Et tu sais ce qu'il a dit ? Il a dit, texto : « Enchanté de vous rencontrer... »

---

1. Un animal en peluche ainsi nommé est célèbre aux États-Unis. Il est réputé pour être petit, gros et surtout très bête.

2. Un quartier de Manhattan.

3. Le Madison Square Garden, couramment appelé le Garden, est une salle de spectacle new yorkaise située à Manhattan.

Constance imitait très mal l'accent irlandais.

– ... « Vous avez vraiment un superbe teint d'Irlandaise. » Il a deviné que j'étais irlandaise. Rien qu'en me regardant !

Ouais : Bono n'était ni aveugle, ni idiot. Constance avait la tignasse rousse de rigueur, les taches de rousseur et les yeux verts. Je n'aurais pas été surprise de découvrir « Erin Go Bragh »[4] tatoué sur ses fesses.

Sauf qu'elle avait de trop grands yeux et qu'elle était trop guillerette pour avoir un tatouage.

– Alors, évidemment, je l'ai supplié de poser pour une photo. Il a accepté ! Et ma copine Marni en a pris au moins une centaine !

– Ah bon ? Tu les as ? lui demandai-je, m'efforçant de m'y intéresser.

Constance resta silencieuse cinq bonnes secondes, qu'elle passa à farfouiller dans sa boîte à bijoux en satin rose. Je commençais à m'inquiéter.

– Ah, non. Je ne les ai pas apportées. Je ne voulais pas avoir l'air de crâner.

« Non, sans blague ! »

Elle se retourna vers moi, me décocha un grand sourire et entreprit d'attacher un collier de perles autour de son cou.

---

4. Une devise irlandaise.

– Tu es prête ?

– Prête pour quoi ?

– Pour la réunion ! dit-elle en écarquillant ses yeux immenses. On va faire connaissance avec notre mère de maison !

– Ah, c'est vrai, marmonnai-je.

Je m'enfonçai dans mon édredon écossais.

– Notre « mère de maison », répéta Constance en gloussant. Tu ne trouves pas que ça fait très dix-huitième siècle ? Enfin, j'ai hâte de rencontrer les autres filles de notre étage.

Elle me regarda, avec l'air d'attendre quelque chose.

– Ouais, moi aussi, dis-je en me forçant à sourire.

Je la suivis dehors, regrettant de ne pas être aussi enthousiaste, aussi confiante qu'elle. Hélas, j'avais déjà croisé les autres pensionnaires de notre dortoir. Je les avais entendues papoter dans leur portable, je les avais vues plier leurs jeans à deux cents dollars, aligner leurs produits capillaires de marque dans la salle de bains, et j'en avais déjà par-dessus la tête. En plus, elles semblaient toutes se connaître. Elles s'abordaient avec naturel et se parlaient comme de vieilles amies, à croire qu'elles avaient passé leur vie ici, à échanger des plaisanteries incompréhensibles pour les non-initiés et à créer leur petit monde à elles, dont je ne pourrais jamais faire partie, moi qui arrivais en plein milieu du jeu. Sans compter que je n'avais pas un seul vêtement dans ma penderie qui ne me désignerait pas comme une péquenaude achetant ses fringues à l'hypermarché du coin.

J'étais incapable de faire ce qu'elles faisaient : bavarder, confier des secrets, sympathiser... Depuis que j'avais huit ans, aucune camarade de classe n'avait mis les pieds chez moi. Je n'organisais ni fêtes d'anniversaire, ni soirées pyjama, ni rien de tout cela. Résultat ? Personne, dans mon ancienne école, ne savait rien de moi, et c'était tant mieux. J'avais fait ce choix au moment où ma mère avait entamé sa longue descente aux enfers. Pour me protéger, mais aussi pour protéger les autres. Cela avait fonctionné : personne, à part ma famille, ne connaissait mes secrets.

Ce que je n'avais pas imaginé, c'était qu'après sept ans de ce comportement, je deviendrais pour ainsi dire inapte à la vie en société. Je ne savais pas entretenir des relations normales avec des adolescents de mon âge. J'étais totalement à côté de la plaque. Et même si je voulais changer, je n'étais pas sûre que ce soit possible. Comment faire pour attirer les gens vers moi ? Et ces gens-là, surtout ! J'étais à Easton depuis moins de cinq heures, et j'étais déjà presque certaine que j'allais devoir continuer à me passer d'amies.

C'est le règlement

La réunion se tenait dans la salle commune de notre étage, le cinquième du bâtiment Bradwell. Notre dortoir, en forme de U, était fermé à chaque extrémité par une porte donnant sur cette salle. Les ascenseurs étaient situés au fond de la pièce. Ainsi, en venant de l'extérieur, il fallait traverser la salle commune et choisir la porte correspondant à son aile du bâtiment pour accéder à sa chambre. Quand je l'avais traversée tantôt, des canapés usés et des chaises étaient disposés un peu partout dans la pièce, certains devant la télé, et d'autres formant de petits coins tranquilles pour étudier. À présent, tous les sièges étaient disposés en V face à la télévision. La salle était pleine à craquer de filles qui bavardaient et riaient, et le niveau sonore était ahurissant. Un mélange de parfums capiteux rendait l'air étouffant. Constance entra d'un pas sautillant et se laissa tomber sur le bras d'un canapé. La fille assise dans le siège, qui avait désormais une vue imprenable sur son derrière, leva les yeux au ciel et se tourna légèrement. Je me faufilai vers la porte, où l'air était plus respirable.

Près de la télévision, une jeune femme prenait des notes sur un bloc. Quand Constance était passée devant elle, elle l'avait regardée et avait souri. Ses longs cheveux lisses étaient retenus en arrière par un bandeau écossais. Si je l'avais croisée dans la rue, je ne lui aurais pas donné plus de dix-sept ans. Elle consulta sa montre en or et fronça le nez.

– Bon, il est temps de commencer ! déclara-t-elle. Entrez, entrez !

Elle me fit signe d'approcher, et tout le monde se retourna pour me regarder. N'ayant guère le choix, je me dirigeai vers la pointe du V et me laissai tomber par terre aux pieds de Constance, en priant pour qu'on arrête de me dévisager.

– Bonjour, mesdemoiselles, et bienvenue à l'Académie d'Easton ! Je suis Mlle Ling, votre mère de maison. Je sais que tout cela sonne assez vieillot. Franchement : est-ce que vous me trouvez assez vieille pour être votre mère ?

Quelques filles rirent sans conviction. D'autres, plus nombreuses, roulèrent les yeux. Mlle Ling ne parut pas s'en apercevoir. Elle croisa les jambes au niveau de la cheville et serra son bloc-notes contre sa poitrine.

– Je vais vous dire quelques petites choses sur moi, commença-t-elle. Je suis sortie diplômée de l'académie d'Easton il y a six ans. J'ai passé dans ce dortoir mes années de troisième [1] et de seconde. C'était avant qu'ils n'en construisent un pour les troisièmes, ajouta-t-elle avec un sourire entendu.

Voulait-elle nous donner l'impression qu'elle était encore l'une de nous, ou essayait-elle seulement de s'en convaincre ?

– Après mon diplôme, j'ai étudié à Yale, puis à Harvard, où j'ai décroché un master en études extrême-orientales au printemps dernier. C'est alors qu'Easton m'a proposé le poste de langue et civilisation chinoises. Je suis fière de dire que c'est la première fois que ces matières seront enseignées ici. D'ailleurs, pour celles qui seraient intéressées, c'est une langue magnifique et il est encore temps de vous inscrire au cours débutant...

Silence.

Mlle Ling cligna des yeux. Elle avait dû espérer recruter quelques volontaires, et notre absence de réaction la décevait. Elle se redressa, s'éclaircit la gorge et consulta ses notes :

1. Aux États-Unis, l'équivalent de notre lycée comprend quatre années d'études correspondant aux classes de troisième, seconde, première et terminale.

– Bon, passons au règlement. Je sais que certaines d'entre vous le connaissent déjà par cœur, mais je dois vous le lire malgré tout : c'est le règlement.

Une fois encore, personne ne rit. Mlle Ling rougit. Ne comprenait-elle pas que ses efforts pour paraître cool étaient vains, pour ne pas dire désastreux ? Pourtant, à en croire son autobiographie, elle avait été à notre place six ans plus tôt. Oublie-t-on si vite ?

– Parlons d'abord du couvre-feu, dit-elle.

Elle récolta quelques grognements qui semblèrent la réconforter : au moins, nous étions vivantes !

Suivit une liste interminable de règles et de consignes, qui figuraient déjà dans le dépliant d'Easton que nous avions toutes dans notre chambre. J'avais pensé que certaines consignes n'étaient là que pour la forme, pour donner l'impression aux parents qu'ils envoyaient leur progéniture dans une bonne école bien sévère. Mais non : c'étaient de vraies règles, et l'administration les prenait très au sérieux. Nous devions véritablement signer chaque soir, avant dix heures, le registre de Mlle Ling dans sa chambre du rez-de-chaussée. Après cela, nous n'étions plus autorisées à quitter notre étage sans sa permission expresse. Des heures d'étude étaient prévues le soir entre six et neuf, et il nous était interdit de pénétrer dans le dortoir entre les cours. Les garçons n'y étaient admis qu'entre six et neuf, et uniquement dans les parties communes. Cette annonce fut suivie de quelques gloussements. Le plus fort émanait d'une blonde au visage porcin et à la poitrine imposante, assise au centre du V.

Quand Mlle Ling eut terminé de lire ses trois pages de règlement, elle releva les yeux et nous sourit :

– Voilà ! Si vous avez des questions, n'hésitez pas à venir me trouver. Votre groupe me fait bonne impression. Je crois que nous allons bien nous entendre. J'ai hâte de vous connaître toutes personnellement !

Elle avait été obligée de crier ces derniers mots, car tout le monde était déjà debout et se dirigeait vers les portes.

La fille à la fenêtre

Ce soir-là, comme nous n'avions encore rien à réviser, nous fûmes dispensées d'étude, et chaque dortoir fut encouragé à organiser une petite fête afin de faire connaissance. Je n'avais jamais su comment me comporter pendant les fêtes, aussi redoutais-je plus ou moins celle-ci. Cependant, j'étais convaincue que je devais y assister : si je voulais prendre un nouveau départ, je devais lutter contre mes instincts et nouer des relations. Rien qu'à cette idée, j'avais des crampes d'estomac. J'évitai donc d'y penser et feuilletai mon manuel d'Easton, allongée sur mon lit, pendant que Constance se préparait... et jacassait :

– Quand on est enfin arrivés au pied de la montagne, j'étais complètement déshydratée et couverte de boue de la tête aux pieds. Le guide nous attendait en bas. Il nous a demandé si on n'avait pas vu la piste. Et là, on lui a fait : « Quelle piste ? »

Je souris, car je sentais qu'elle me regardait et qu'à cet endroit de son récit elle devait attendre une réaction.

– Tu es prête ? me demanda-t-elle

Le moment de vérité. Je posai mon livre.

– Je descendrai un peu plus tard.

Jusqu'à cet instant, honnêtement, je n'avais pas décidé de ne pas y aller. Pourtant, je campai sur mes positions.

– Tu veux faire une entrée remarquée ? plaisanta Constance.

« Ah, non, tout sauf ça ! » pensai-je. Je répondis, laconique :

– Oui, sans doute.

Elle haussa les épaules :

– Très bien. Mais tu ne viendras pas te plaindre s'il ne reste plus de pizza !

– Ne t'en fais pas.

La porte était à peine fermée que je me reprochai de m'être défilée. Qu'est-ce qui m'avait pris ? Jamais je ne me ferais d'amies si je passais mon temps seule dans ma chambre. J'avais beau le savoir, j'étais incapable de me forcer à bouger.

Je soupirai et m'adossai contre le coussin en denim que mon frère m'avait offert. Puisque je m'étais imposé cet exil, autant m'installer confortablement ! Je regardai mon nouveau chez-moi, une pièce carrée aux murs crème et au parquet craquant, meublée de deux lits, de deux bureaux identiques et de commodes à cinq tiroirs. Pour ma part, j'avais eu du mal à en remplir un. Cinq secondes à peine après avoir constaté que mon côté de la vaste penderie restait quasiment vide, Constance m'avait demandé : « Ça te dérange ? » et avait comblé l'espace avec plusieurs manteaux de laine et une doudoune noire. Cela avait renforcé mon sentiment de n'être pas à ma place ici. Ou, pour être plus précise, celui de n'être pas assez importante pour remplir un tel espace.

J'entendis un rire résonner derrière la fenêtre et me levai. Une grande baie vitrée, pourvue d'un appui assez large pour s'y asseoir, était le principal attrait de notre chambre. Quelques heures plus tôt, Constance, sortie faire connaissance avec nos camarades de dortoir, était revenue radieuse et m'avait annoncé que seules deux chambres avaient une fenêtre comme la nôtre et que, par conséquent, nous étions des privilégiées. Je m'assis sur le rebord et regardai dehors. Un autre éclat de rire résonna dans l'obscurité, et mon cœur saigna. Que faisais-je ici ? Comment avais-je pu penser une seconde que venir y étudier était une bonne idée ?

Je pressai ma tempe contre la vitre et me retins de pleurer. C'était trop fort ! Est-ce que la maison me manquait ? Mais quoi, exactement ? Notre lamentable vie de famille ? Les couloirs de parpaings de mon ancien lycée ? Les boutiques ringardes de Croton ? Dans un éclair, je vis mon père et Adam, qui avaient toujours été adorables avec moi. J'imaginai mon chien agitant la queue pour accueillir papa à son retour. Il s'attendrait à ce que je sois là aussi, bien sûr. Je vis l'affreux papier peint à fleurs dont mes parents avaient tapissé ma chambre, avant que ne s'affirme mon caractère de garçon manqué : un papier que je détestais, mais qui pour moi, désormais, symbolisait à lui seul ma maison. Je pensai à notre équipe de hockey et à notre ambition de participer aux championnats d'État l'an prochain. Pourquoi cela me semblait-il soudain si merveilleux ? La veille encore, je trépignais d'impatience à l'idée de tout laisser derrière moi.

Une larme coula sur ma joue et ce fut comme une piqûre de rappel. Non ! Je n'allais pas craquer. Je n'étais pas une mauviette. J'avais fait mon choix. Pas question de téléphoner à papa pour le supplier de venir me chercher. Il n'y avait rien pour moi à Croton. Rien qui valait la peine de s'y attarder. Je le savais, il suffisait juste que je me concentre là-dessus. Je fixai les ténèbres, les fenêtres éclairées des autres dortoirs, et me dis que ma place était ici, à Easton. Je tentai désespérément de m'en convaincre.

« Je vais être heureuse. Je vais me faire des amis. C'est le début d'une nouvelle vie. »

C'est alors que je l'aperçus. Une fille, assise devant une fenêtre identique à la mienne, juste en face de moi.

Elle était mince, avec des traits délicats, une peau claire et des cheveux blonds presque blancs qui tombaient en vagues sur ses épaules frêles. Elle était éthérée, et semblait sur le point de s'envoler, emportée par le moindre souffle d'air. Elle portait un pull blanc sans manches et un bas de pyjama, et paraissait captivée par un livre posé en équilibre entre ses jambes pliées et son ventre plat.

J'avais les yeux rivés sur elle, si bien que je ne remarquai rien d'autre dans la pièce, jusqu'à ce qu'une seconde fille, surgie de nulle part, lui confisque son livre. Je me redressai, interdite. J'avais cru, une fraction de seconde, qu'on l'avait agressée. Puis je vis l'« agresseur », une grande brune, faire pivoter la liseuse sur elle-même et la projeter sur un lit, où se trouvaient déjà deux autres filles. Ces deux-là, leurs jambes nues déployées devant elles, riaient et mangeaient des chocolats qu'elles piochaient dans une boîte.

Je me tournai complètement vers la fenêtre et m'assis en tailleur sur le rebord, dans un équilibre précaire. Les lumières s'éteignirent en face et je retins mon souffle. Un instant plus tard, une lueur tremblotante surgit dans le noir, puis une autre, et une autre encore. La pièce s'éclaira peu à peu et la silhouette de la fille brune se dessina entre les ombres dansantes. Je compris qu'elle allumait de nouvelles bougies. Bientôt, les quatre filles furent baignées dans une chaude lumière. L'une d'elles se leva et tendit des verres aux autres. Des verres pleins d'un liquide rouge sombre.

Du vin. Elles sirotaient du vin, là, dans leur dortoir ! En riant et en bavardant, à la lueur des chandelles.

Jamais, de toute ma vie, je n'avais vu personne qui leur ressemblait. Elles paraissaient plus vieilles. Pas seulement plus vieilles que moi – ce qui ne faisait pas de doute –, mais trop vieilles pour être encore au lycée. Leurs gestes étaient gracieux et pleins d'assurance. Elles tenaient leurs verres avec insouciance, comme si elles buvaient chaque jour dans du cristal délicat.

La fille qui riait avait remonté ses cheveux châtains au sommet de sa tête en un chignon désordonné, fixé grâce à une paire de baguettes chinoises. Elle était d'une beauté stupéfiante, avec sa peau hâlée, sa silhouette souple et sportive. Elle but une gorgée de vin et esquissa un sourire de connaisseur. Elle portait une robe de soie rouge sur un top sans manches et un short de boxeur, et semblait délurée. La deuxième fille était menue, avec des boucles blondes en bataille et des joues de poupée de porcelaine. Plus jeune que ses camarades, elle les taquinait, les poussait et applaudissait en riant. Toutefois, c'étaient la liseuse et la fille brune qui me fascinaient.

La brune ne portait que des dessous noirs sous une large chemise en soie : une chemise d'homme dont seuls deux boutons étaient attachés. Elle secoua son épaisse tignasse, l'envoya dans son dos, but une gorgée de vin et leva le roman pour le lire à ses amies de façon théâtrale. Elle faisait de grands gestes avec son verre, sans en renverser une seule goutte. Les trois autres s'arrêtèrent pour l'écouter, comme envoûtées par le spectacle qu'elle offrait. Je songeai que ce devait être leur chef de bande. Sans cesser de lire, elle posa son verre et prit la fille éthérée par le bras. Cette dernière se leva pour lui donner la réplique, un vague sourire aux lèvres. La brune hissa alors les mains au-dessus de la tête ; sa chemise s'entrouvrit et j'aperçus une grande cicatrice rouge, qui barrait son ventre d'une hanche à l'autre. Voir une imperfection aussi criante sur un être aussi parfait me stupéfia, à tel point que je faillis détourner les yeux. Puis elle s'approcha de son amie et se colla contre elle, dissimulant la balafre. Elles se mirent à danser, bougeant comme un seul être, tournoyant au milieu des ombres, dans la lumière vacillante des bougies. L'angelot actionna une télécommande, et la musique d'une guitare acoustique retentit, qui fit courir un frisson le long de mon dos.

La fille éthérée quitta en virevoltant les bras de son amie, s'approcha de la fenêtre et se figea. Je me raidis quand je compris qu'elle me fixait. J'avais d'abord cru qu'elle avait les yeux perdus dans le vague, mais je me trompais. Elle me voyait, et, à force de me transpercer, ses pupilles me mirent sens dessus dessous. Embarrassée, je me détournai et fis mine de m'intéresser à quelque chose, dans ma chambre. En vain. Elle exerçait sur moi une attirance irrésistible. Quand je me résolus à la regarder de nouveau, je m'aperçus qu'elle me fixait toujours, tenant les rideaux à deux mains.

J'étais prise sur le fait. J'avais le souffle court, mais je ne me résignais pas à la quitter des yeux. Allait-elle me dénoncer à ses amies ? À l'administration ? Serais-je renvoyée d'Easton pour espionnage ? J'espérais qu'elle serait clémente et ne dirait rien. Pendant un long moment, nous restâmes immobiles.

Puis elle sourit presque imperceptiblement et ferma les rideaux d'un geste brusque.

Les filles Billings

– La maison Billings ? C'est un dortoir réservé à la jet-set. Il ne suffit pas d'être en première ou en terminale pour y entrer. Il faut répondre à certains critères...

– Des critères ?

– Intellectuels, sportifs, etc. Si on te juge à la hauteur, tu reçois une invitation à la fin de l'année. C'est très sélect. Pour y vivre, tu dois faire partie intégrante de la communauté d'Easton.

Le sous-entendu de mon interlocutrice était évident : « Ce n'est pas pour toi ! »

J'avais rencontré Missy Thurber cinq minutes plus tôt et j'avais déjà envie de l'étrangler. C'était la fille au groin de cochon qui avait gloussé à l'énoncé de la règle relative aux garçons, pendant la réunion de la veille. Elle était blonde, avec des mèches plus claires et des nattes, et avait le nez si retroussé qu'on voyait presque dans ses narines.

On aurait pu penser qu'une fille affublée d'un nez pareil se ferait discrète, mais non ! Au contraire, elle regardait tout le monde de haut et se promenait avec les épaules en arrière, comme si elle voulait faire entrer ses gros seins partout où elle allait quinze secondes avant elle. Ridicule ! Jamais je ne lui aurais parlé si Constance ne m'avait confié que sa famille au grand complet avait étudié à Easton, et qu'elle savait tout ce qu'il y avait à savoir sur notre nouvelle école. J'avais feuilleté le catalogue dans l'espoir d'y trouver des informations concernant le dortoir situé derrière le nôtre, mais je n'y avais rien vu de plus que son nom : Billings. Sur tous les autres bâtiments, on avait noté leur fonction : Bradwell : dortoir des filles de seconde ; Harden : dortoir des garçons de première et terminale. Sur Billings, rien. Seulement « Maison Billings ».

– Il faut qu'on pose notre candidature à la fin de l'année ! s'écria Constance, avec son enthousiasme habituel.

Nous quittâmes la file du petit déjeuner, emportant nos plateaux chargés de fruits et de pain grillé.

– Je parie qu'on aurait nos chances, ajouta-t-elle à ma seule intention.

La cafétéria d'Easton était une immense pièce au plafond en coupole, percé au zénith par une petite lucarne de verre travaillé qui projetait des rais de lumière sur les tables et les chaises situées en dessous. Le mobilier n'était pas en plastique et en métal, comme au lycée de Croton, mais en bois massif. Des sièges en rotin étaient disposés près des tables, qui luisaient comme si on venait de les cirer. Des tableaux accrochés aux murs évoquaient différentes facettes de la vie en Nouvelle-Angleterre, autrefois. On y voyait une ferme, un pont couvert, des patineurs sur un étang gelé... Ces personnages pittoresques, vêtus à l'ancienne, produisaient un contraste amusant avec la population de la cafétéria : des ados équipés de baladeurs MP3 et de consoles de jeux portatives, des filles qui se racontaient d'horribles histoires de piercings, soulevaient leur chemise ou tiraient la langue pour exhiber leurs blessures de guerre.

Au fond de la salle, autour d'une grande table, plusieurs professeurs déjeunaient en conversant à mi-voix ou en lisant des journaux. Deux vieux messieurs, assis les bras croisés, surveillaient l'assemblée des élèves en discutant, prêts à intervenir.

– Tu ne poses pas ta candidature, elles t'invitent ! répéta Missy en roulant les yeux. D'où elle sort, celle-là ? ajouta-t-elle assez fort en s'adressant à Lorna, sa voisine au museau de souris.

Lorna avait des traits minuscules, d'épais sourcils et les cheveux châtains les plus frisés que j'aie jamais vus. Pour l'instant, elle n'avait presque rien dit, mais elle n'avait pas quitté Missy de la matinée. De ce fait, je ne la tenais pas en grande estime.

– Sympa ! commentai-je.

Missy haussa les épaules et s'installa en bout de table, nous obligeant à nous faufiler derrière elle pour aller nous asseoir.

– Enfin, bref, conclut-elle en dépliant sa serviette avec affectation. Tout le monde ne peut pas entrer à Billings. Il faut avoir quelque chose de spécial.

– Par contre, une fois que tu y es, c'est bingo ! ajouta Lorna. Elles ont toutes de bonnes notes...

– Même celles qui avaient des notes pourries avant, tu imagines ! s'écria Diana Waters, une blondinette aux cheveux courts qui me faisait penser à un lutin. En plus, les capitaines de toutes les équipes de sport féminines et toutes les présidentes de club y vivent...

– Ce sont des battantes, résuma Missy. Les ex-Billings sont sénateurs, stars de cinéma, présentatrices de journal télé ou romancières...

– Elles entrent en fac les doigts dans le nez, ajouta Diana. Elles reçoivent des recommandations des anciennes pensionnaires de Billings, et se retrouvent toutes à Ivy [1], sans exception.

---

1. Les universités dites de l'Ivy League, au nombre de huit et toutes situées au nord-est du pays, sont les plus prestigieuses des États-Unis. On compte parmi elles les célèbres Yale, Harvard et Columbia.

– Tu plaisantes ? fis-je.

– Non, c'est vrai ! insista Diana. Il faut voir leur parcours : c'est vraiment un sans-faute.

– Exact, confirma Missy en tartinant son bagel de fromage 0 %. Vivement l'an prochain, que j'aie une de ces chambres immenses ! Les réduits dans lesquels on nous parque cette année sont une violation des droits de l'homme !

– Qu'est-ce qui te donne à penser que tu vas y vivre ? Je croyais qu'il fallait y être invitée, demandai-je, d'un ton plein de sous-entendus.

– On m'invitera, répliqua Missy. J'ai des antécédents. Ma sœur a logé à Billings, alors tu parles...

Et voilà ! Je la détestais encore plus ! Savoir que quelqu'un comme elle pouvait accéder à Billings rien qu'en claquant des doigts était une parfaite illustration des injustices de ce monde.

– En fait, ils n'ont pas le choix : ils sont obligés de l'inviter, plaisanta Lorna.

Tiens... Peut-être que cette fille était moins cruche que je ne le pensais.

Missy lui décocha un regard qui la fit pâlir.

– Enfin... je suis persuadée que tu y entrerais de toute manière..., ajouta-t-elle précipitamment.

– Regardez, souffla Diana. Quand on parle du loup...

Je levai les yeux et les vis, qui se dirigeaient vers une table située au beau milieu de la cafétéria. En tête du cortège venait la fille brune. Je piquai un fard en imaginant sa cicatrice, cachée sous son T-shirt noir et sa veste de lin blanc immaculée. La balafre était là et je le savais, à son insu.

Elle était grande, encore plus que moi avec mon mètre soixante-quinze, et je vérifiai machinalement si elle ne portait pas de talons. Elle parlait à la jeune fille éthérée, qui penchait légèrement la tête vers elle, mais semblait perdue dans ses pensées. Venait ensuite la fille sublime à l'air sournois, dont les cheveux châtain clair étaient de nouveau ramassés en un chignon désordonné. Elle marchait en ondulant des hanches, le dos droit et le menton levé. En le dépassant, elle adressa un clin d'œil furtif à un garçon brun carrément godiche, qui la fixait bouche bée. Le garçon prit une teinte violette avant de s'enfoncer dans son siège pour se cacher derrière son manga. La fille parut triompher.

L'angelot se pressait dans son sillage d'un pas sautillant qui faisait osciller ses boucles blondes. Elle était la seule des quatre à marcher la tête baissée. Sa peau diaphane était marbrée de rose, comme si elle avait couru, ou rougi de plaisir, ou d'embarras. Elle serrait ses livres contre sa poitrine et semblait en proie à une intense réflexion.

Ainsi, elles étaient là ! Elles existaient pour de bon.

– Je donnerais n'importe quoi pour être Noëlle Lange, murmura Diana en posant le menton dans sa main.

– Ouais, tu peux toujours rêver..., fit Missy, sarcastique.

– Noëlle, c'est laquelle ? s'enquit Constance.

– Celle à la veste blanche, dit Lorna, qui bavait d'admiration. Il paraît que Harvard, Cornell et Yale se disputent pour l'avoir.

– Tu parles, elle ira où ira Dash McCafferty, lança Missy.

Je remarquai le grand blond qui avait rattrapé mon tir de ballon la veille. Il s'assit à table à côté de Noëlle et commença à lui masser les épaules de ses mains énormes. Elle rejeta la tête en arrière pour recevoir un baiser et ses longues tresses dégringolèrent dans son dos.

– C'est plutôt lui qui ira où elle ira, rectifia Diana. Ça m'étonnerait que ce soit Dash qui décide, dans leur couple.

– Ouais, quand Noëlle est quelque part, on sait qui commande, souligna Lorna.

– Exact, convint Missy. Je retire ce que j'ai dit.

– Qui est la lectrice ? demandai-je.

Je venais de remarquer que la fille évanescente avait de nouveau le nez dans un livre.

– Elle s'appelle Ariana Osgood, nous apprit Missy. Ses parents possèdent la moitié du Sud. Ce qui fait que ses camarades lui pardonnent d'en être originaire...

Diana, Constance et Lorna pouffèrent de concert.

– Ils sont dans le pétrole, ajouta Missy. Imagine les gros magnats à cigare, la hantise des écolos... Quant à savoir comment ils l'ont engendrée, mystère !

– Elle est poète, expliqua Diana. Elle rédige une partie du magazine littéraire d'Easton chaque trimestre. Elle est hyper-douée.

– Le mannequin s'appelle Kiran Hayes, intervint Lorna. Elle a posé pour Abercrombie[2], Ralph Lauren...

– Oh, mon Dieu, c'est elle ! s'exclama Constance. Je l'ai vue sur une affiche, à l'entrée de mon cours de fitness !

– Oh, mon Dieu ! Arrête de crier, espèce de tarée ! répliqua Missy en la singeant.

– Attendez ! m'écriai-je. Elle est vraiment top model ?

– Oui, et alors ? fit Missy. Ne me dis pas que c'est la première fois que tu en vois une en vrai ! La moitié des filles de mon immeuble ont défilé pour les collections de printemps.

Je jetai un coup d'œil alentour et notai qu'une majorité de la population mâle regardait passer Kiran en bavant.

– Et elle, c'est Taylor Bell, lâcha soudain Diana. À ce qu'on dit, ce serait la fille la plus intelligente qui ait jamais mis les pieds sur le campus.

Assise en face du top model, la fille aux allures de chérubin rit et plaqua une main devant sa bouche pour

2. Une marque référence de prêt-à-porter aux États-Unis.

intercepter une projection de flocons d'avoine. Elle n'avait pas l'air d'un génie, mais bon : je n'en avais jamais vu en chair et en os non plus.

– Aller dans les meilleures facs, avoir les mecs les plus sexy, énuméra Diana. Ça ne me déplairait pas, moi, d'être à Billings.

Je regardai les quatre élues et leurs chevaliers servants, et mon cœur s'emballa, en proie à un sentiment d'excitation assez nouveau. Plusieurs autres filles s'assirent au bout de leur table, toutes sublimes et posées, mais moins fascinantes que les quatre que j'avais observées la veille au soir.

– Et les autres ? demandai-je.

– Elles sont aussi à Billings, résuma Diana avec un geste de sa fourchette.

Ainsi, j'avais raison : c'était Noëlle et ses amies qui comptaient. C'était elles qu'il fallait connaître.

J'essuyai ma paume moite sur ma cuisse. À cet instant, mon seul désir, le plus violent que j'aie jamais éprouvé, était d'être invitée à cette table, là-bas. Si seulement je pouvais pénétrer dans ce sanctuaire, toutes les portes d'Easton me seraient ouvertes. Je n'aurais plus à me soucier d'être acceptée, d'être à ma place. Je tournerais le dos si résolument à ma vie familiale miteuse qu'avec un peu de chance je parviendrais peut-être à l'oublier tout à fait.

Tradition

Easton était une école non confessionnelle, mais elle avait été fondée par des presbytériens au début du XIXe siècle. À en croire le catalogue, ils avaient abandonné la prière de groupe dans les années 1990, mais ils nommaient toujours l'assemblée du matin, où tout le monde était présent, « culte du matin ». Cette réunion quotidienne avait lieu dans l'ancienne chapelle au centre du campus. L'édifice était entouré par un premier cercle de bâtiments abritant les salles de classe, les bureaux des professeurs et de l'administration, le gymnase, la cafétéria et la bibliothèque, que j'avais hâte de visiter. Au-delà se trouvaient les dortoirs, puis les terrains de sport, les montagnes, les arbres et le ciel d'un bleu lumineux.

La matinée était chaude, ce qui était normal pour les premiers jours de septembre. Cependant, en franchissant la porte voûtée de la chapelle, j'eus l'impression d'entrer dans une caverne. L'air frais me donna la chair de poule et je frissonnai dans mon T-shirt léger. Je comprenais à présent pourquoi les autres avaient apporté vestes et gilets. Les hauts murs de pierre grise étaient couverts de salpêtre et les étroites fenêtres à vitraux ne laissaient filtrer que de minuscules rais de lumière.

Je me frottai les bras en passant devant les filles Billings. Ariana lisait, assise au dernier rang ; Kiran et Taylor étaient au milieu de la chapelle. La première étudiait son reflet dans un miroir de poche, tandis que la seconde griffonnait quelque chose dans un carnet. Noëlle n'était pas là. C'était bizarre de les voir ainsi séparées. Pour moi, elles formaient un tout et devaient nécessairement être ensemble.

Je suivis mes camarades de dortoir, qui s'installaient quelques rangs plus loin.

– On doit se placer en fonction de nos classes, nous expliqua Diana. Les garçons à gauche, les filles à droite.

Sa compagne de chambre s'assit à côté d'elle. C'était une fille nommée Kiki, qui aurait pu être sa sœur jumelle avec des cheveux plus longs, et que je n'avais encore jamais vue sans son iPod. Elle se laissa tomber sur le banc, sans cesser de remuer le menton en rythme avec la musique.

– Devant nous, ce sont les troisièmes ; derrière nous, les premières. Les terminales sont tout au fond.

Je hochai la tête. Taylor et Kiran étaient donc en première et Ariana en terminale. Je devinai que c'était aussi le cas de Noëlle. Mais où était-elle ?

– C'est vraiment archaïque de nous séparer, dit Missy en coulant un regard du côté des garçons. Comme si on allait s'envoyer en l'air pendant qu'ils nous lisent leurs annonces !

– Tu en serais bien capable ! gloussa Lorna.

Elle surveilla la réaction de Missy d'un œil méfiant. Celle-ci pouffa et sourit. Lorna parut soulagée.

Une vingtaine d'adultes étaient assis sur des bancs près du pupitre. Je repérai Mlle Naylor, Mlle Ling et le doyen Marcus, que j'avais vu en photo dans le catalogue. Les autres étaient sans doute des professeurs, des conseillers ou des membres de l'administration. Ils étaient presque tous vieux, avec des airs sérieux et des mines revêches. Un groupe sinistre !

Je regardai autour de moi dans l'espoir d'apercevoir Thomas, en vain : il n'était pas avec les terminales.

Entre les fenêtres, les murs étaient drapés de longues bannières de velours noir décorées aux armes d'Easton, portant chacune une date. Sous la date figuraient deux noms : un féminin et un masculin. J'allais demander à mes voisines ce qu'ils signifiaient quand les portes de la chapelle se refermèrent, nous plongeant dans une semi-pénombre. L'assemblée tout entière se tut et se tourna vers l'autel.

Je fis de même. Un sentiment de vénération sembla imprégner la foule et une vague de chaleur me submergea. Je frissonnai de plaisir, cette fois. Deux garçons entrèrent alors, munis de chandelles avec lesquelles ils allumèrent quatre lanternes, situées de part et d'autre du pupitre. La lumière qui en jaillit, étonnamment vive, baigna la salle dans une atmosphère tiède et douillette.

À peine les lanternes furent-elles allumées que l'on frappa plusieurs coups retentissants contre la porte. Le doyen se leva et descendit lentement l'allée centrale pour aller se poster près de l'entrée, sage et majestueux.

– Qui souhaite pénétrer en ce lieu sacré ? s'enquit-il d'une voix forte.

J'aurais ri, si je n'avais éprouvé un étrange sentiment de crainte mêlée de respect, et si tous les autres ne m'avaient paru aussi captivés.

– Des esprits en quête de connaissance, lui répondit-on.

Missy, moqueuse, mima ces mots en même temps que le locuteur invisible les prononçait. Quand Lorna la fusilla du regard, elle leva les yeux au ciel.

– Dans ce cas, vous êtes les bienvenus ! déclara le doyen.

– Ils ne font pas ça tous les matins, me chuchota Diana. Juste le premier jour.

Les portes s'ouvrirent soudain et Noëlle fit son entrée, le menton en avant. Dash, son petit ami, marchait à ses côtés, ses cheveux blonds plaqués en arrière et l'air infiniment sérieux. Ils portaient chacun dans les bras un vieux grimoire aux dimensions impressionnantes, et empruntèrent l'allée centrale en regardant droit devant eux.

Noëlle avait le port d'une reine et semblait tout à fait dans son élément. Des centaines de personnes la fixaient, pourtant elle ne rougit ni ne cilla. Elle était confiante, calme et superbe.

Les deux jeunes gens posèrent leurs livres sur une table près de l'autel et firent face à l'assemblée pour déclamer la devise de l'école : « Tradition, honneur, excellence ».

« Tradition, honneur, excellence », répondirent les élèves en écho.

Lorsque j'entendis toutes ces voix s'élever ensemble, je fus prise de nouveaux frissons. Noëlle et Dash s'inclinèrent alors devant les professeurs, puis allèrent s'asseoir chacun d'un côté de l'autel : Noëlle devant les filles et Dash face aux garçons.

J'ignorais la signification de ce rituel, mais il me plaisait énormément. Je n'avais encore jamais rien vu de tel, et j'étais si concentrée que je tardai à remarquer le brouhaha et des rires qui résonnaient au fond de la chapelle. Quand je me tournai enfin, je vis Thomas Pearson se faufiler dans l'édifice et le doyen refermer les portes derrière lui. Thomas s'assit sur le dernier banc, où un de ses amis le poussa du coude en riant. Des lunettes noires masquaient ses yeux. Le doyen lui lança un regard assassin avant de regagner l'autel d'un pas décidé. J'espérais que Thomas retirerait ses lunettes et me chercherait des yeux, mais il n'en fut rien. Il se contenta de fixer son attention sur la cérémonie avec beaucoup de sérieux.

Je me tournai et l'imitai, me mordant la lèvre pour ne pas rire. Parfois, le comportement des garçons était irrésistible.

Le doyen s'avança jusqu'au pupitre et attira le micro à lui :

– Mesdemoiselles et messieurs, je vous souhaite la bienvenue à l'académie d'Easton.

Sadique

– Bonjour, ma classe ! J'espère que vous êtes enchantés de me revoir...

Le professeur claqua la porte derrière lui, et ceux qui étaient encore debout se précipitèrent à leur place. Constance s'assit à côté de moi au moment où il posait un cartable de cuir usé et un petit thermos argenté sur son bureau. Jamais je n'avais vu quelqu'un se tenir aussi droit que cet homme. Il semblait remplir la pièce à lui tout seul, tant sa présence en imposait. Ses cheveux poivre et sel étaient frisés, presque crépus. Il portait un blouson bleu, un pantalon beige et une cravate à rayures. Il frappa dans ses mains, puis les frotta l'une contre l'autre et promena son regard sur la classe. À en juger par les mines de mes camarades, nul n'était heureux de le revoir, et la pointe de sarcasme qui filtrait dans sa voix indiquait qu'il n'était pas dupe.

– Pour ceux qui n'ont pas encore entendu les vilaines rumeurs circulant sur mon compte, sachez que je m'appelle Barber et que je suis à cheval sur le règlement, annonça-t-il d'une voix sourde.

Tout en parlant, il dévissa le capuchon de son thermos et se versa une tasse de liquide bouillant. L'âcre odeur du café noir flotta dans la salle.

– Je donne un cours d'histoire américaine. En histoire, nous avons ce qu'on nomme des faits. J'enseigne les faits. Nous ne lirons ni opinion ni propagande dans mon cours. Nous ne débattrons pas des malheurs de Pierre, Paul, Jacques dans les strates socio-économiques de tous les pays du monde. Je laisse à vos professeurs d'université le soin d'explorer les zones d'ombre. Mon rôle est de vous y préparer en vous apprenant à mémoriser des faits. Des dates, des noms, des lieux. Des faits.

Sa diction était étonnante : il articulait soigneusement le moindre mot, si bien que sa mâchoire à elle seule devait faire fonctionner plus de muscles que mon corps tout entier. Il but une gorgée de café et reposa la tasse sur son bureau.

– Bon, voyons ce que vous savez...

« Aïe ! »

Il s'avança jusqu'au premier rang.

– Vous. Quel est votre nom ?

– B-Brian Marshall, répondit un garçon aux cheveux filasse, qui semblait à deux doigts de faire pipi sous lui.

– À gauche de monsieur Marshall, c'est l'équipe A. À droite, l'équipe B, fit M. Barber avec un geste dédaigneux.

Il prit un cahier sur son imposant bureau en bois massif.

– J'ai ici la liste des élèves. Quand je vous pose une question, j'attends une réponse dans les dix secondes. Si vous répondez correctement, votre équipe marque un point. Une mauvaise réponse lui fait perdre un point.

Deux élèves affichèrent de petits sourires satisfaits. Quelques autres parurent effrayés. Je ne savais pas trop quoi penser. Aucun de mes précédents professeurs ne s'était jamais exprimé ainsi. Ce type avait plus d'autorité dans son index que toute la direction du lycée de Croton réunie.

– Commençons, dit M. Barber.

Il parcourut sa liste de haut en bas en retournant vers le tableau. Chacun pria pour ne pas entendre son nom.

– Mademoiselle...

« Aïe ! aïe ! aïe ! »

– ... Talbot.

Je lorgnai Constance, qui avait pâli sous ses taches de rousseur. J'étais soulagée, mais je la plaignais.

– Oui ? fit-elle avec un calme remarquable.

« Bon, me dis-je. Si je connais la réponse à cette question, tout ira bien. »

– Quel roi d'Angleterre a reçu le procès-verbal établissant l'indépendance de notre pays en 1776 ? demanda-t-il.

« Hein ? Quoi ? Quel procès-verbal ? Depuis quand la déclaration d'indépendance est-elle appelée procès-verbal ? Attendez, c'était quoi la question, déjà ? »

– Le roi George III, dit Constance.

– Bonne réponse.

Ma voisine exultait. Derrière nous, quelqu'un murmura : « Facile ! » Exact. Le roi George III avait reçu la déclaration d'indépendance. Je le savais. Il suffisait que je me concentre.

Je respirai, heureuse de n'avoir pas été choisie comme première victime. Barber inscrivit au tableau un grand A et un grand B à la craie jaune vif. Sous le B, il nota un point.

– Suivant : monsieur Simmons, dit-il.

– C'est moi, répondit un garçon grassouillet, près de la porte.

– Monsieur Simmons, quelle fut la première femme exécutée aux États-Unis, et pour quelle raison ?

« Bon, ça, je n'en ai aucune idée. » Je me mis à transpirer.

– Euh… Attendez, je le sais ! fit Simmons en saisissant un crayon à deux mains.

« Sans rire ? Tu le sais vraiment ? »

– Euh...

– Dix secondes, monsieur Simmons, signala le professeur.

Il semblait jouir de la situation.

– Et sachez qu'on ne dit pas « euh... » dans mon cours, ajouta-t-il.

– C'est Mary quelque chose, commença le gros garçon. Mary... Surratt ?

Ouais, ce nom ne m'était pas inconnu...

– Oui. Et pour quel crime a-t-elle été exécutée ?

– Elle a comploté pour l'assassinat du président Lincoln, dit Simmons, soudain beaucoup plus sûr de lui.

– Bien, monsieur Simmons ! approuva Barber en ajoutant un point sous le A.

Je consultai ma montre, me demandant si j'avais une chance de passer entre les mailles du filet. Il restait cinquante-cinq minutes de cours et nous n'étions qu'une vingtaine d'élèves.

– Mademoiselle... Brennan.

« Au secours ! »

– Oui ? fis-je, la bouche sèche.

Il leva les yeux de son cahier :

– Je vois que vous êtes nouvelle, remarqua-t-il avec un petit sourire rusé.

Tout le monde se tourna vers moi. « Merci. Merci beaucoup ! »

– Oui, parvins-je à dire.

– Alors, je vous en donne une facile, articula-t-il avec condescendance.

J'avais envie de le gifler et de le remercier en même temps.

« Donnez-moi quelque chose que je sais. S'il vous plaît, quelque chose que je sais... », l'implorai-je en silence.

– Combien de mandats Franklin Delano Roosevelt a-t-il exercés en tant que président des États-Unis ?

« Youpi ! »

– Quatre, dis-je en souriant.

– Désolé. La bonne réponse est trois.

Les yeux et le visage me brûlèrent sous l'effet de l'humiliation, tandis que mon cerveau protestait : c'était quatre. J'en étais sûre ! Je l'avais appris en quatrième. FDR était mon président préféré. J'adorais le New Deal et je connaissais cette période par cœur. Il avait fait quatre mandats.

– FDR a été élu pour un quatrième mandat, mais il est mort en l'exerçant. Par conséquent, il n'a pas effectué quatre mandats entiers, dit M. Barber.

Mon équipe grogna quand il effaça le point de Constance. Mon sang ne fit qu'un tour.

– C'était une question piège, lançai-je.

M. Barber, qui nous tournait le dos, se figea. Les autres élèves retinrent leur respiration. Ma chaleur corporelle monta en flèche. Qu'est-ce qui m'avait pris ?

– Pardon ? lâcha le professeur en faisant volte-face.

Je m'éclaircis la gorge.

– C'était une question piège, répétai-je sans me démonter. Vous n'avez pas demandé combien de mandats entiers il a effectués.

M. Barber fit quelques pas vers moi et croisa les bras, incrédule.

– Ce n'était pas un piège, mademoiselle Brennan, déclara-t-il.

J'ouvris la bouche pour répondre, mais il me prit de vitesse :

– Pourquoi n'était-ce pas un piège ? Parce que j'attends de mes élèves qu'ils réfléchissent. Qu'ils envisagent toutes les options avant de se précipiter sur la première réponse qui leur vient à l'esprit. Vous n'êtes pas en train de jouer à « Questions pour un champion », mademoiselle Brennan. C'est de votre éducation qu'il s'agit. Je vous conseille d'être plus consciencieuse à l'avenir. Me comprenez-vous ?

Cette fois, j'étais vaincue.

– O-oui, dis-je.

– J'aimerais pouvoir vous croire, mademoiselle Brennan, aussi vous prierai-je de passer me voir après le cours, afin de mettre les choses au clair.

Ma gorge se serra et des larmes de honte me perlèrent aux paupières. La classe semblait s'être partagée en deux :

ceux qui me dévisageaient et ceux qui faisaient des efforts surhumains pour s'en empêcher.

Il voulait me voir à la fin du cours. Mon premier professeur, mon premier jour dans ce nouveau lycée qui devait transformer ma vie ! Moi qui espérais du changement, j'étais servie : je n'avais encore jamais été rappelée à l'ordre par un enseignant. Jamais !

– D'accord, dis-je.

– Bien, répondit-il. Maintenant que nous avons gaspillé plusieurs minutes du temps précieux de vos camarades, peut-être me permettrez-vous de continuer ?

Je me sentais nauséeuse et ridicule. Je hochai la tête avec raideur. C'était tout ce dont j'étais capable.

M. Barber se tourna vers sa victime suivante et Constance eut un geste de sympathie à mon intention.

« Bon début, Reed ! me félicitai-je intérieurement. Bravo ! »

Aucune exception

Je m'approchai d'un pas incertain du bureau de M. Barber, qui griffonnait quelque chose sur son cahier. Mes camarades de classe quittèrent la salle à la queue leu leu en évitant de me regarder, comme si j'étais une pestiférée. Un cours seulement, et j'étais déjà cataloguée !

– Monsieur Barber…

– Je sais que vous êtes là, mademoiselle Brennan. Soyez gentille de me laisser terminer.

Sa repartie me cloua le bec. Je le haïssais, et cependant je voulais le supplier de m'accorder une seconde chance. Je n'avais pas su répondre à une seule des trois questions qu'il m'avait posées, et je devinais qu'il me prenait pour une ignare indécrottable. Cela dit, ses méthodes étaient infectes. N'était-ce pas odieux de mettre ainsi les élèves sur le gril, le jour de la rentrée ? Sans compter qu'il m'avait humiliée devant tout le monde alors que j'étais nouvelle.

Il posa son stylo, but une gorgée de café et prit son temps pour reposer sa tasse. Il me torturait. Il faisait exprès de me faire attendre, devinant que je m'inquiétais. Enfin, avec une infinie lenteur, il déchira la feuille sur laquelle il venait d'écrire et me la tendit.

– Un peu de lecture pour vous, dit-il en me regardant par-dessus ses lunettes. Je veux que vous ayez rattrapé le niveau d'ici la fin de la semaine. Sachez aussi que je n'ai aucune pitié pour les élèves boursiers. Si vous avez votre place à Easton, vous travaillerez. Je ne fais aucune exception.

Je pris le papier d'une main tremblante. Barber y avait dressé une liste de huit ouvrages, rien de moins ! J'aurais voulu lui dire que je n'avais pas besoin de lire tout cela pour me mettre à niveau. Que je connaissais les réponses à plusieurs questions de son jeu-spectacle, mais que je n'étais guère brillante quand j'étais sur la sellette. Lui dire aussi que sa question sur FDR était une vaste fumisterie et que j'étais certaine qu'il n'était pas dupe. Et, plus que tout, je voulais qu'il comprenne que je ne souhaitais pas être une exception.

Cependant, je lus dans ses yeux marron clair qu'il ne tolérerait pas d'être contredit une nouvelle fois. Je me contentai donc d'un merci.

– J'espère que votre accès d'humeur d'aujourd'hui était le dernier, ajouta-t-il.

– Oui, monsieur.

– Parfait. Dans ce cas, je ne vous retiens pas.

En quittant la pièce, je sentis son regard dans mon dos et je me forçai à me redresser. Pas question de le laisser croire qu'il m'avait brisée !

Dans le couloir, deux filles discutaient devant un tableau d'affichage. Une feuille orange y était punaisée, annonçant un bal organisé pour fêter la rentrée, quelques semaines plus tard. Je la parcourus en me demandant si je serais à Easton assez longtemps pour y assister.

« Arrête ! »

Assez d'idées noires. Assez de pessimisme ! J'allais rattraper le niveau dans ce cours et dans tous les autres s'il le fallait. Même si je devais travailler toute la nuit, toutes les nuits, je ferais le nécessaire pour rester à Easton. Le contraire était inconcevable : jamais je ne pourrais rentrer à Croton en situation d'échec, prouvant ainsi à ma mère que ses attaques étaient fondées.

Je montrerais à Barber qu'il se trompait sur mon compte. Son dépit ne serait qu'un sujet de satisfaction de plus pour moi.

Première rencontre

Quand je retournai à la cafétéria, cinq heures seulement après mon premier passage, je n'étais plus dans les mêmes dispositions d'esprit, loin s'en faut. Au petit déjeuner, j'étais pleine d'espoir et d'énergie. À présent, j'étais épuisée et accablée. En rejoignant les filles de mon étage à notre table, je m'aperçus que je venais de commettre une nouvelle erreur, peut-être la plus grave de cette matinée exceptionnelle. Sur mon plateau, j'avais posé une assiette pleine à ras bord de macaronis au fromage, un grand coca et trois cookies au chocolat. Sur les leurs, je ne vis que des salades et des cocas light. Constance avait caché son cookie sous une serviette, pour faire discret.

– Tu sais combien de calories il y a là-dedans ? me demanda Missy.

Je me laissai tomber sur la dernière chaise libre, au bout de la table, et me débarrassai de mon sac de livres par terre. Je décidai d'ignorer les commentaires de Mlle Thurber sur mes choix alimentaires. J'avais trop faim. De plus, j'avais choisi ce menu en connaissance de cause, afin d'y puiser le réconfort dont j'avais grand besoin.

– Passe-moi le ketchup, fis-je en guise de réponse.

Kiki me tendit la bouteille et Missy grogna.

– Ton arrêt de mort, commenta-t-elle.

Constance sortit son cookie, mordit dedans et sourit à Missy, qui roula les yeux et nous tourna le dos pour échanger des commérages avec ses sous-fifres. Constance commençait à grimper dans mon estime.

– Comment se sont passés tes autres cours ? me demanda-t-elle avec gentillesse.

Traduction : « Je sais déjà que c'était catastrophique en histoire. Est-ce que ça s'est arrangé après ? » Réponse : « Absolument pas. »

– Pas mal, dis-je en me forçant à sourire.

Tu parles ! Mon cours de français avait eu lieu tout en français, et je n'avais pas été fichue d'articuler d'autre réponse que *« Je ne sais pas*[1] *»*. Mon cours d'histoire de l'art avait été pris d'assaut par des conservateurs en herbe, qui identifiaient en quelques secondes le moindre tableau projeté sur l'écran et citaient de mémoire le

1. En français dans le texte.

nom de l'artiste, la date de l'œuvre et la technique utilisée. J'imaginais déjà le cours suivant : maths. Lassés des sinus et des cosinus, nous passerions sans doute directement au calcul différentiel.

– Je sais que ça risque de te paraître prétentieux, mais, si tu as besoin d'aide, tu peux compter sur moi, dit Constance. L'an dernier, à New York, j'étais dans un excellent lycée. Les cours étaient d'un super niveau.

Est-ce que sa proposition était sincère, ou est-ce qu'elle se faisait mousser ? Dans un cas comme dans l'autre, c'était insupportable. J'avais le sentiment que tout le monde me prenait pour une idiote et se sentait obligé de me faire la charité. C'était faux, pourtant : j'étais une élève brillante ! C'était moi, d'habitude, qui aidais les autres. Qu'est-ce qui m'arrivait ?

Les filles de ma table parlaient de garçons et prévoyaient une sortie en ville le week-end suivant. J'entendis des bribes de phrases : « cachemire à trois brins », « super sexy », « nouvelle carte de crédit ». Elles n'avaient aucun sujet d'inquiétude, tandis que j'en avais des milliers !

C'est alors que je les remarquai. Les filles Billings s'avançaient dans l'allée centrale. Noëlle marchait en premier, suivie de Taylor et de Kiran. Ariana s'attardait derrière, le nez dans un livre. C'était la première fois que je les voyais de près. Elles étaient toutes plus belles, plus parfaites les unes que les autres.

Je retins ma respiration en regardant Noëlle approcher d'un pas nonchalant. Elle lorgna vers moi, un sourire amusé aux lèvres. Kiran et Taylor passèrent en bavardant, puis vint Ariana. Cette dernière portait un pull blanc sans manches et une longue jupe ample, dans un dégradé de turquoise. Autour du cou, elle avait un foulard violet et turquoise dont les extrémités lui effleuraient le ventre. Cette tenue lui allait à ravir, et je ne pus m'empêcher de penser que j'aurais été ridicule dedans : j'aurais eu l'air d'une gamine déguisée. Le parfum exotique qui flottait dans son sillage m'était familier. Je cherchais à l'identifier quand elle baissa son livre, me regarda dans les yeux et dit :

– Tiens, bonjour...

Ses amies s'arrêtèrent. Mon cœur aussi.

– C'est la fille dont je vous ai parlé, signala-t-elle.

Elle avait un très léger accent du Sud, si infime qu'il paraissait presque étudié.

Mon estomac vide se retourna. Les filles de mon dortoir semblaient décontenancées.

– Ah, c'est elle ?

Noëlle se planta devant moi, croisa les bras et me détailla de bas en haut. Plusieurs autres filles Billings, étrangères à la bande des quatre, restèrent en retrait et échangèrent des regards surpris.

– Alors, c'est toi qui nous espionnes...

Missy poussa un bêlement qui devait être un rire.

– Je pensais qu'elle ferait plus gouine, lança Kiran.

Taylor manqua de s'étrangler et se couvrit la bouche de la main. Kiran plissa ses yeux magnifiques parfaitement maquillés et sourit. Elle me sourit, à moi !

– Ne fais pas attention à ce qu'elle raconte, dit Noëlle. Elle n'est pas sortable. Comment tu t'appelles ?

– Reed.

– Moi, c'est Noëlle. Et voici Kiran, Taylor et Ariana.

Je remarquai qu'elle ne prenait pas la peine de présenter les autres filles de leur dortoir. Elles étaient donc bien quantité négligeable...

– Salut, dis-je.

Elles sourirent. J'étais au septième ciel.

– Maintenant que tu sais qui on est, essaie de nous montrer un peu de respect et arrête de lécher les vitres !

Des rires fusèrent autour de moi et Noëlle eut un sourire narquois en me voyant changer de couleur. Ses amies me considérèrent avec des airs supérieurs.

– Allez, on y va, dit Noëlle en pivotant sur ses talons.

Kiran et Taylor lui emboîtèrent le pas et elles partirent ensemble, tel un bataillon mobile. Les autres pensionnaires de Billings suivirent le mouvement, sauf Ariana, qui inclina la tête en signe d'excuse.

– Désolée, dit-elle en regardant par-dessus mon épaule. Noëlle est un peu brutale, parfois.

– Ouais...

Elle glissa une mèche de ses fins cheveux derrière son oreille. Comme moi, elle ne portait ni maquillage, ni bijou. Pourtant, elle était plus sophistiquée que je le serais jamais. Elle avait la peau si pâle que, si le soleil l'avait frappée sous un angle différent, ses rayons l'auraient sans doute traversée. L'espace d'un instant, elle plongea ses yeux bleus dans les miens et j'y lus de la tristesse, en dépit de son sourire.

– Bon. À bientôt, alors..., lâcha-t-elle enfin.

Elle reporta son attention sur son livre et s'en fut retrouver ses amies. Elle était à peine partie que je me demandais si j'avais imaginé sa tristesse. Oui, bien sûr. Pour quelle raison une fille comme elle serait-elle triste ?

– Tu t'es mis les filles Billings à dos dès le premier jour... Bien joué ! commenta Missy.

– Tu les as vraiment espionnées ? voulut savoir Constance.

– Non, pas tout à fait, répondis-je en me maudissant intérieurement.

Qu'est-ce qui clochait, chez moi ? Depuis mon arrivée, on aurait dit que je m'évertuais à m'enfoncer toute seule. Avec les professeurs, avec les filles Billings... Maintenant, j'allais devoir faire des efforts monumentaux pour sortir du trou que je m'étais creusé.

Chance

– Salut, nouvelle !

Nous sortions de la cafétéria quand Thomas Pearson quitta le mur de briques grises contre lequel il était adossé pour venir à ma rencontre. Constance me regarda, interdite, et je lus dans ses pensées aussi clairement que si elle les avait formulées : « Comment peux-tu connaître un mec aussi sexy, toi qui n'es ici que depuis deux jours ? »

« Aucune idée. »

– Salut, fis-je d'un ton détaché, alors que mon pouls s'était tout à coup emballé.

– J'ai quelque chose pour toi, me dit Thomas.

Il sortit de sa poche un petit médaillon en bronze, percé en son centre d'un trou carré. Il le tenait entre le pouce et l'index, l'air satisfait.

– Qu'est-ce que c'est ? lui demandai-je en m'arrêtant.

– Mon talisman porte-chance. J'ai décidé de te le donner parce que je n'en ai plus besoin. J'ai déjà trop de chance.

– Ah bon ? Tant mieux pour toi, lâchai-je avec une moue sceptique.

– Ouais.

Je faisais tous les efforts du monde pour m'empêcher de sourire béatement. Quelle cruche !

– Non, sans blague, insistai-je. Qu'est-ce que c'est ?

– C'était un jeton de métro. Un de ceux qu'on utilisait avant l'invention des MetroCards, dit Thomas d'un ton docte.

« Les *metrocards*... C'est quoi, ça ? »

– J'étais inconsolable quand ils les ont remplacés. C'est mon côté nostalgique. Tu ne trouves pas que c'est plus sympa de glisser un truc dans la fente, d'entendre le petit « plink », puis de recevoir sa récompense ?

Sur ces mots, il plongea ses yeux dans les miens et je rougis jusqu'aux oreilles. Était-ce une métaphore ? Probablement. J'étais à la fois intriguée, mal à l'aise et sous le charme.

– Enfin, bref..., dit-il, rompant le sortilège. Tu possèdes désormais une relique de l'ancien temps. Conserve-la précieusement.

– Merci.

Il fit demi-tour et s'éloigna, les mains dans les poches. Je vis plusieurs filles me jeter des regards envieux. Des cœurs venaient de se briser sur le campus !

Alors qu'il s'éloignait, deux garçons coururent pour le rattraper. Il rentra la tête dans les épaules sans se soucier de les attendre.

– C'était qui, ça ? me demanda Constance dans un souffle.

Son intonation trahissait tout le respect que lui inspirait le personnage. Je souris :

– « Ça », c'était Thomas Pearson.

– Qu'est-ce qu'il te voulait ? s'enquit-elle en se dressant sur la pointe des pieds pour le regarder disparaître dans la foule, ses acolytes sur les talons.

– Aucune idée... Explique-moi ce qu'est ce truc.

Constance rit.

– C'est un des jetons qu'on utilisait avant pour payer le métro. Aujourd'hui, on a des cartes à puce. Tu n'es jamais allée à New York ?

Non. Je n'étais jamais allée nulle part, mais elle n'avait pas besoin de le savoir.

Je contemplai le jeton minuscule, en proie à une véritable euphorie, jusqu'à ce que je me sente observée. Je relevai la tête et croisai le regard bleu clair d'Ariana. Elle était à une dizaine de mètres de moi, près d'un banc de pierre situé au milieu de la cour. Toutefois, elle me fixait avec une telle intensité que c'était comme si nous nous trouvions nez à nez.

Mon cœur fit un bond et je souris sans réfléchir. Elle plissa les paupières avant de se détourner, me laissant me demander si j'avais rêvé.

Manœuvres défensives

J'étais la première sur les gradins pour l'entraînement de foot, en fin d'après-midi. Craignant d'arriver en retard, j'étais passée en coup de vent à Bradwell après le dernier cours pour me changer et enfiler le jeton de Thomas sur ma chaîne en argent, avant de monter en courant jusqu'au stade, en haut de la colline. En voyant arriver les autres joueuses, toutes ensemble, chargées de ballons et de cônes orange, je songeai qu'être en avance était aussi peu discret qu'être en retard. En tête du groupe, Noëlle me considérait d'un œil amusé.

Assise sur les gradins, je pris mes jambes entre mes bras et détournai le regard pour m'intéresser au paysage qui s'étendait au-delà du stade. Peut-être que si je faisais semblant d'être invisible...

– Salut, Lèche-vitres, me lança Noëlle en montant les marches métalliques.

Elle alla s'asseoir juste derrière moi et ses genoux nus effleurèrent mon dos. J'étais déjà en nage sous le soleil brûlant. La sentir si proche fit perler de nouvelles gouttelettes de sueur sur ma peau.

– Tu joues, ou tu me suis partout ?

Plusieurs filles s'esclaffèrent et je rougis. Ça commençait bien...

– Bon, mesdemoiselles, on se prépare !

Une femme d'une trentaine d'années aux épaules carrées et aux gros mollets était debout au pied des gradins. Elle avait des cheveux blonds coupés court et ne portait ni maquillage, ni bijou.

– Reed Brennan, je suppose ? me lança-t-elle. Je suis Mme Lisick, votre coach.

– Bonjour.

– Reed est originaire de Pennsylvanie, où elle jouait comme avant-centre dans son équipe, annonça-t-elle à la cantonade.

Super ! Désormais, Noëlle savait que je venais de cette bonne vieille Pennsylvanie. J'envisageai un instant de mentir : je pouvais encore prétendre que j'étais originaire de Philadelphie. Mais était-ce plus glorieux ? Sans doute pas.

– Autrement dit, réjouissez-vous de l'avoir dans votre équipe, continua Mme Lisick. Entendu ?

Un murmure d'assentiment suivit ses paroles.

– Tiens, tiens, on a du talent..., me chuchota Noëlle à l'oreille. Montre-nous donc ça, Lèche-vitres...

Elle me tapota l'épaule sans ménagement et je me recroquevillai sur mon siège. Je restai immobile, sentant son regard sur ma nuque, jusqu'à ce que le coach siffle le début de l'entraînement. Je descendis en courant sur le terrain, soulagée de me soustraire à cet examen visuel. Ici, j'étais dans mon élément.

Passé l'échauffement, Noëlle et moi nous retrouvâmes dans des équipes opposées. Nous allions à l'affrontement, c'était clair, et la peau me picotait d'avance.

Le sifflet retentit, et Noëlle prit le contrôle du ballon le plus naturellement du monde. Elle fit une passe à sa partenaire de droite, qui renvoya le ballon à l'autre bout du stade. J'étais impressionnée : j'avais pensé qu'elle était du genre à monopoliser la balle - tout pour la gloire et rien pour le travail d'équipe. Je m'étais trompée.

Noëlle arrivait vers moi en louvoyant. Je me repliai à toutes jambes, mais elle me prit de vitesse. Rapide, la fille ! À la seconde où elle entrait dans la zone de réparation, ses coéquipières lui passèrent le ballon. J'eus un coup au cœur et me précipitai derrière elle. Si je ne voulais pas qu'elle me prenne pour une débutante sans talent, ce n'était pas le moment de me laisser intimider !

Je fonçai et lui subtilisai le ballon, que j'envoyai de l'autre côté du terrain. Noëlle cria et culbuta par-dessus mon protège-tibia, m'entraînant dans sa chute. Elle atterrit brutalement au sol et, en un clin d'œil, nos jambes se retrouvèrent emmêlées. Je me dégageai sans tarder et me remis debout.

– Bien joué, Brennan ! cria le coach depuis la ligne de touche.

Je souris et offris ma main à Noëlle pour l'aider à se relever. Le regard qu'elle me lança me pétrifia. Elle cracha par terre et me fixa avec hostilité. Elle était furieuse.

Après cela, j'aurais dû retraverser le terrain au plus vite, mais j'étais incapable de bouger. Des acclamations s'élevèrent près du but opposé, et le coach siffla. Noëlle se remit péniblement sur ses pieds, et je me dis qu'elle allait me tuer. Pendant une fraction de seconde, je lus dans ses yeux toute la méchanceté dont elle était capable et j'eus une vision de sa cicatrice, si violente, si rouge ! Elle ne me paraissait plus aussi incongrue.

L'instant d'après, Noëlle me fit face et me sourit. Un vrai sourire, amusé et presque fier. Elle frotta son short maculé de terre.

– Continue comme ça, et on va en gagner pas mal cette année ! dit-elle.

– Merci, répondis-je en m'efforçant de maîtriser mon essoufflement.

Avec un peu de chance, elle l'attribuerait à l'effort et

ne devinerait pas que c'était la peur qui m'avait mise hors d'haleine.

– Mais si tu me refais un coup pareil, on aura un problème, toi et moi !

Sur ces mots, elle partit en courant rejoindre son équipe. Je restai plantée sur place, le temps de recouvrer mes esprits. Était-elle en colère contre moi ou impressionnée ?

J'avais le pressentiment qu'avec Noëlle, je n'étais pas près d'être fixée.

Premier pas

Les autres filles de l'équipe partirent aussitôt après l'entraînement et je rentrai seule à Bradwell. Je ne savais pas pourquoi mes coéquipières avaient décidé de me mettre à l'écart. Parce que j'étais nouvelle ? Parce que le coach m'avait distinguée ? Parce qu'elles en avaient envie, simplement ? En tout cas, je n'étais pas surprise : être seule était mon destin. Pour l'instant.

Mon sac de sport sur l'épaule, je contournai le dortoir pour accéder à l'entrée. Au moment où j'atteignais la porte, Ariana sortit de l'ombre, et je faillis avoir une crise cardiaque.

– Salut ! me lança-t-elle en serrant ses cahiers contre elle.

– Salut.

M'attendait-elle ?

– C'était bien, ton entraînement ?

– Oui, pas mal…

Intimidée, je ne savais comment me comporter, ni quoi lui dire. À force de me creuser la tête, je trouvai une idée d'une originalité renversante :

– Et toi, tu joues dans quelle équipe ?

À Easton, tout le monde était tenu de pratiquer au moins un sport. Pour répondre aux exigences de forme physique, j'imagine. Je ne m'étais pas vraiment penchée sur le règlement : obligée ou pas, j'aurais joué de toute façon.

– Aucune, dit-elle.

Voyant mon étonnement, elle ajouta :

– J'ai une dispense. Pour raisons médicales.

– Ah.

Elle n'entra pas dans les détails, et je ne me sentis pas autorisée à l'interroger. Je restai donc avec une nouvelle question à ruminer : quelle pouvait bien être la maladie d'Ariana, qui l'empêchait de faire le moindre sport ?

– Et sinon… tu t'es fait des amies ? voulut-elle savoir.

– Oui, je crois.

– Les filles de ton dortoir sont sympa ?

– Euh… ouais.

Ce n'était pas faux : Constance était gentille et Diana n'était pas désagréable.

– Et les mecs ?

J'eus une vision éclair de Thomas et je sentis la fraîcheur de son jeton de métro sur ma peau moite. Puis je songeai qu'avoir attiré l'attention d'un mec de terminale hyper sexy dès le jour de la rentrée devrait en principe me valoir le respect de mes semblables. Peut-être même des filles Billings...

– J'ai rencontré...

– Thomas Pearson, me coupa-t-elle, impassible.

La surprise me fit cligner les paupières. Son ton était glacial.

– Je t'ai vue lui parler, expliqua-t-elle.

Elle quitta tout à fait l'embrasure de la porte pour se rapprocher de moi. Plusieurs filles, qui revenaient d'un entraînement de hockey, nous dépassèrent en riant et en mimant une action. Je ressentis un pincement de jalousie.

– Reed ?

– Hein ? Ah, euh... excuse-moi !

N'importe quoi ! Je me laissais distraire pendant que je discutais avec la seule personne qui m'avait témoigné un peu de gentillesse de toute la journée. Celle dont je voulais attirer l'attention à tout prix.

– Et alors, il te plaît ? s'enquit Ariana.

– Je ne sais pas encore...

Tu parles ! Le simple fait de penser à lui me donnait des palpitations. Thomas était très beau, c'était indéniable.

Fascinant et drôle, aussi. Mais c'était un joueur, cela sautait aux yeux, et je n'étais pas sûre de vouloir m'embarquer avec un mec comme lui en ce moment. Échanger des plaisanteries, d'accord. Sortir avec lui, c'était une autre affaire.

Ariana plissa les yeux.

– Je ne connais pas beaucoup de filles qui résisteraient à un mec comme Thomas Pearson, dit-elle. Il a ce côté...

« Séducteur ridicule ? » complétai-je en pensée.

– Ce côté un peu inquiétant, termina Ariana

Elle me fixa avec intensité, comme pour mesurer ma réaction.

– Ouais, j'ai vu, fis-je nonchalamment.

Beau, riche, intelligent, désinvolte et provocant. Tout cela additionné donnait quelque chose d'inquiétant, c'est vrai.

– Encore faut-il aimer ça, ajoutai-je. Ce n'est pas mon cas.

« Enfin, en temps normal... »

Même si j'étais sous le charme du beau Thomas, elle n'avait pas besoin de le savoir. Surtout si elle ne l'appréciait pas, ainsi que le suggérait son intonation. Je voulais éviter à tout prix de passer pour une obsédée des mecs. Je voulais avoir l'air cool et sophistiqué. Au-dessus de ces histoires. Comme elle, en fait.

Ariana sourit et sembla s'éclairer de l'intérieur.

– Tu devrais venir t'asseoir à notre table demain. Au petit déjeuner.

Mon cœur cessa de battre pendant au moins cinq secondes.

– Vraiment ? m'écriai-je, avec un peu trop d'enthousiasme.

– J'aimerais faire ta connaissance. Les autres aussi.

Les autres ? Ainsi, elles avaient parlé de moi ? Dans mon dos ! Cette pensée était troublante. Après si peu de temps sur le campus, on parlait déjà de moi...

Bon, et alors... Où était le problème ? C'était un bon début. Qui sait : cela me permettrait peut-être d'obtenir ce que je désirais si fort ? Si elles avaient discuté de moi, c'était tant mieux. Apparemment, elles avaient vu en moi quelque chose qui leur plaisait. Franchement, je me demandais quoi !

– D'accord, je viendrai ! lâchai-je enfin, dissimulant avec peine ma jubilation.

Petit déjeuner avec Billings

Ariana était seule à table quand j'entrai dans la cafétéria, le lendemain matin. Elle portait une robe d'été blanche et un foulard bleu. J'ignorais si elle s'était levée tôt en mon honneur, mais j'étais soulagée de voir que ses amies n'étaient pas encore là. Il me serait plus facile de l'aborder ainsi. Je me dirigeai vers elle, espérant qu'elle quitterait son livre des yeux. En vain. Je me retrouvai donc près d'elle, très mal à l'aise. Était-ce une plaisanterie ? Avait-elle oublié son invitation ? N'avait-elle pas remarqué l'ombre que je projetais sur sa page ?

– Euh, Ariana..., commençai-je, avec des picotements dans les doigts.

Elle leva la tête et me regarda d'un air absent. Au secours ! Elle avait oublié. Savait-elle au moins qui j'étais ?

– Désolée, dis-je machinalement.

J'allais m'enfuir en courant quand son visage s'éclaira. Elle me sourit.

– Salut, Reed ! Tiens, assieds-toi là.

Elle tira la chaise voisine. Soulagée, je me faufilai derrière elle et posai mon plateau sur la table, avant d'accrocher mon sac au dossier de la chaise.

– Tu n'as pas faim ? s'étonna-t-elle en voyant que je n'avais pris que du pain sec et un bol de café.

Si, j'étais affamée ! Mais, comme j'ignorais quel genre de petit déjeuner on prenait à la table Billings, j'avais joué la prudence. Sur le plateau d'Ariana, il y avait une coupe de salade de fruits à moitié vide, deux tranches de pain grillé et un bol de Lucky Charms[1] sans lait. Mon estomac gronda – en silence, heureusement.

– Je ne suis pas très petit déjeuner, mentis-je.

Puis j'eus envie de me frapper en songeant que, si je revenais m'asseoir à cette table, je serais forcée de m'y tenir.

– Moi, j'adore ! dit Ariana en choisissant un morceau de guimauve violet en forme de fer à cheval.

Elle le plaça délicatement dans sa bouche.

– J'en prendrais trois par jour, si c'était possible.

Je souris. Sa sérénité m'apaisait.

---

1. Lucky Charms : une célèbre marque de céréales pour le petit déjeuner, contenant entre autres des morceaux de guimauve colorés.

– C'est tranquille ici, le matin, remarquai-je en regardant les élèves franchir les portes avec des regards vitreux.

– Oui, j'aime bien. C'est mieux pour lire.

Deux filles s'approchèrent de nous et s'assirent face à face au bout de la table. Je les avais déjà vues dans le groupe Billings le premier matin. L'une, la peau mate et les cheveux d'un noir de jais, portait un jean et un body en dentelle sous une chemise blanche. L'autre était blonde, avec des cheveux raides, aux épaules. Elle était habillée très mode, presque trop : on devinait qu'elle avait passé un temps fou à choisir la ceinture assortie à son sac et ses chaussures. Elles me lancèrent des regards perplexes.

– Salut, dit la première en sortant un magazine de son cabas.

C'était *The National Review*. L'illustration de couverture montrait l'âne démocrate[2], un lasso autour du cou. Aucune de mes connaissances ne lisait de magazines politiques. Pas même les adultes.

– Comment tu t'appelles ? me demanda-t-elle.

– C'est Reed, répondit Ariana avant moi. Reed, je te présente Natasha Creenshaw et Leanne Shore.

– Salut, fis-je en souriant timidement.

– Noëlle sait que tu t'es assise ici ? s'enquit Leanne avec un rictus méprisant.

---

2. L'âne est l'emblème du parti démocrate américain.

Mon sourire disparut.

– Elle va bientôt le savoir, dit Ariana, très calme.

Au même instant, Noëlle sortit de la file d'attente avec Taylor, Kiran et Dash, et je fus prise d'un véritable trac.

– Salut, Lèche-vitres ! me lança-t-elle en lâchant son plateau en face de celui d'Ariana.

Je devins pivoine. Ça commençait bien...

– Lèche-vitres ? répéta Leanne d'une voix rauque. Ah, c'est toi la lesbienne !

Elle rit à gorge déployée de sa propre plaisanterie, tandis que Natasha ouvrait son magazine avec un petit sourire narquois. Ariana baissa son livre et fusilla Noëlle du regard, laquelle s'empourpra à son tour. Ainsi, Ariana pouvait faire rougir Noëlle. C'était bon à savoir.

– Désolée, fit Noëlle. Salut, Reed.

L'instant d'après, elle balançait son sac sur son dossier et levait les yeux au ciel, excédée :

– Bon, Leanne, tu vas bientôt la boucler ?

L'intéressée se tut aussitôt et vira au rouge betterave sous son maquillage. Ariana se replongea dans son livre ; je réprimai tant bien que mal mon envie de rire.

Kiran s'assit en face de moi et alluma son iPhone. À son cou, un gros diamant lançait des éclairs. Elle portait un pull jaune citron d'aspect duveteux, une jupe noire et des escarpins à petits talons. Tout cela sentait l'argent à plein nez. Si elle avait vendu ses fringues, elle aurait sans doute récupéré de quoi acheter la maison de mes parents ! Normal, remarque : avoir son portrait sur les panneaux d'affichage de New York devait rapporter son pesant de cacahuètes.

Taylor, plus dans mon style en jean et polo, me considéra avec curiosité avant de se glisser derrière moi pour aller s'installer à ma droite. Elle aussi, toutefois, avait de gros diamants aux oreilles.

– Salut, dit-elle. Je m'appelle Taylor.

– Elle le sait ! grommela Noëlle avec impatience.

Taylor rosit.

– Moi, c'est Reed, fis-je gentiment.

– Elle le sait aussi. À quoi vous jouez, là, aux attardées mentales ? explosa Noëlle.

Natasha soupira et leva les yeux de son magazine.

– Noëlle, je préférerais que tu n'utilises pas ce terme. Du moins, pas en ma présence.

– Désolée, miss politiquement correct ! Je t'autorise à me donner une tape sur la main, ironisa Noëlle, en tendant le poignet par-dessus le iPhone de Kiran.

Kiran fit claquer sa langue et se renversa en arrière.

– Ça ne sera pas nécessaire, répliqua Natasha, l'air pincé.

– Natasha se prend pour la gardienne de l'ordre moral à Easton, se moqua Noëlle.

– On ne peut pas dire que vous me disputiez la place, souligna Natasha avec une douceur feinte.

Noëlle fit mine de réfléchir, un doigt dans la bouche.

– Je te l'accorde, concéda-t-elle.

– Alors, Reed, tu te plais ici ? intervint Taylor.

– Ouais, beaucoup.

– Tu viens de Pennsylvanie, n'est-ce pas ? me demanda-t-elle sur un ton enjoué. Est-ce qu'Easton ressemble à ton ancien lycée ?

Je regardai Noëlle. Avait-elle dit aux autres d'où je venais ?

– Elle a déjà mémorisé tous les bouquins de la bibliothèque, alors elle est passée aux annuaires et aux listes de nouveaux élèves, plaisanta celle-ci.

– Sais-tu que moins de deux pour cent des élèves d'Easton sont originaires de Pennsylvanie ? continua Taylor. C'est bizarre, non ? Pour un État aussi énorme...

Ma gorge se serra. Moins de deux pour cent ? J'étais donc un spécimen rare.

– Qu'est-ce que tu penses de tes profs ? Qu'est-ce que tu as choisi comme cours ? Est-ce que tu as Corcoran en maths ?

– Je...

– Taylor, tu n'es pas obligée de lui faire passer un interrogatoire, intervint Ariana.

Taylor piqua un fard.

– Pardon, dit-elle.

– Elle veut toujours tout savoir, commenta Noëlle.

– Comme si elle ne savait pas déjà tout, marmonna Natasha.

Taylor baissa la tête et se cacha derrière ses boucles. Je compatis, mais je n'étais pas fâchée de ne plus être sous le microscope.

Au même instant, Dash s'assit pesamment en face de moi et secoua la tête pour dégager une mèche tombée devant son visage. De près, il était encore plus beau. Avec sa mâchoire carrée, ses yeux bruns et sa peau parfaite, il ressemblait à une pub Abercrombie vivante.

– Dash McCafferty, dit-il en guise de salut. Tu es la fille au pied magique...

Noëlle me lança un coup d'œil méfiant.

– Si tu l'avais vue tirer dans le ballon, reprit-il. Elle t'aurait bluffée, ma chérie !

– Mon Dieu ! Je regrette d'avoir manqué ça ! fit Noëlle sur un ton qui démentait ses paroles.

Leanne explosa de nouveau de rire ; elle la fit taire d'un regard.

Deux autres garçons arrivèrent et échangèrent un salut viril avec Dash. Le premier s'assit à la table derrière lui, tandis que l'autre collait une chaise contre la sienne, comme s'il craignait de manquer d'oxygène s'il s'éloignait trop de son mentor. Je les reconnus tous les deux : c'étaient des joueurs de foot de l'autre fois. Thomas allait-il les rejoindre ?

– Lui, c'est Josh, dit Dash, avec un geste du pouce indiquant le garçon blond au visage poupin assis derrière lui.

– Salut, fit Josh en hochant la tête avec un sourire.

– Et le loser, là, c'est Gage.

Ledit Gage s'esclaffa. Dash lui donna un grand coup de poing dans le bras, qu'il accueillit avec une grimace.

La porte s'ouvrit et je regardai machinalement dans sa direction. Constance et Diana entrèrent, accompagnées de Missy, de Lorna et des autres. Constance scruta la salle, et je devinai qu'elle me cherchait. Elle avait dû se demander pourquoi j'étais partie si tôt, sans elle. Je me sentis un petit peu coupable au moment où elle me trouva enfin et écarquilla les yeux ; je m'en tirai avec un sourire navré. Missy et Lorna se chuchotèrent quelque chose à l'oreille et les narines de Missy se dilatèrent – en admettant que ce fût encore possible ! Sa jalousie était palpable.

Pour l'instant, c'était une bonne matinée.

– Tu fais beaucoup de sport, Reed ? me demanda soudain Taylor.

C'était reparti ! Je me désintéressai de Missy pour regarder Taylor triturer son bagel et empiler des boulettes de pâte sur le côté de son plateau.

– Non, pas spécialement. Je joue juste au foot et au hockey.

– Comme toi, ma chérie, remarqua Dash en passant un bras sur les épaules de Noëlle.

– Ça alors, fit-elle, glaciale.

Manifestement, le respect que je lui avais inspiré sur le terrain de foot n'avait pas dépassé les limites du stade.

Leanne recommença à rire et Natasha se tortilla sur son siège.

– Leanne, tu serais gentille de mettre ton nez ailleurs, ça commence à m'irriter ! lança Noëlle d'un ton coupant.

Cette fois, Leanne parut au bord des larmes. Elle se leva, enfila son sac à dos et me toisa avec mépris avant de s'en aller.

– Bravo, Noëlle ! dit Natasha en se levant à son tour. Elle voudrait seulement que tu l'apprécies, tu sais.

Je fus surprise par sa franchise.

– Désolée, dit Noëlle. Je crois que ça ne va pas être possible.

Natasha haussa les épaules et sortit retrouver Leanne. Ainsi, tout n'était pas rose entre les murs de Billings. Cela contribuait à attiser ma curiosité.

Quelqu'un rattrapa la porte juste avant qu'elle se referme derrière Natasha. J'ouvris l'œil, espérant voir entrer Thomas, mais les nouveaux arrivants n'étaient que quelques garçons que j'avais déjà croisés la veille. Lorsque je reportai mon attention sur notre table, je m'aperçus qu'Ariana avait baissé son livre et me regardait avec insistance.

– Quoi ? demandai-je en rougissant.

– Dash, est-ce que Thomas vient déjeuner ? lança-t-elle.

Je faillis m'évanouir. Elle lisait dans les pensées, ou quoi ? J'étais certaine qu'elle avait posé cette question pour moi.

– Ariana, je rêve ! Tu ne vas pas t'y mettre ! grommela Noëlle.

– Pourquoi ? Qu'est-ce que vous reprochez à Pearson ? intervint Dash.

– La question serait plutôt : « Qu'est-ce qu'on ne reproche pas à Pearson », dit Noëlle.

– Je me renseignais, c'est tout, reprit Ariana sans se départir de son calme habituel. Alors, il vient ?

Dash rit et enfourna une fourchette d'œufs brouillés.

– Est-ce que vous l'avez déjà vu ici ? plaisanta-t-il.

Puis, à mon intention :

– Pearson n'est pas du matin. Demande à Josh...

J'ignorais pourquoi il m'avait adressé ce commentaire. Thomas lui avait-il parlé de moi, ou avait-il lu dans mes pensées, lui aussi ?

– Je crèche avec lui, je confirme ! dit Josh en levant une main. Son sommeil est sacré.

Ariana rangea son livre et prit une tranche de pain grillé sur son assiette. Elle me sourit tout en mastiquant.

Je lui rendis son sourire, la remerciant en silence d'avoir formulé la question que je n'aurais jamais eu le cran de poser.

– Aargh ! grogna Kiran en fermant son Sidekick d'un coup sec.

Elle le lança rageusement sur la table et se renversa sur sa chaise. Pendant un instant, son regard se perdit dans le vague. J'admirai son profil parfait, ses pommettes saillantes et bien dessinées. Ses yeux étaient maquillés de façon si subtile qu'on ne le devinait que sous certains angles.

– Tu t'en prends à la technologie ? se moqua Gage.

– Ne sors jamais avec un mec de Barcelone, répliqua-t-elle en secouant la tête.

Elle prit un morceau de pomme du bout des doigts et mordit délicatement dedans. Le moindre de ses gestes était élégant et gracieux.

– Ils sont canons, mais complètement égocentriques !

Ses superbes yeux bruns se posèrent sur moi et ses cils papillonnèrent.

– Tiens... D'où tu viens, toi ?

Il y eut un silence, puis toute la tablée explosa de rire.

– Quoi ? C'était juste une question ! protesta Kiran.

– Ne cherche pas : elle vit dans son petit monde, expliqua Ariana.

– C'est toi qui me dis ça ! riposta Kiran.

Elle reposa son quartier de fruit sur son assiette.

– Cette pomme est trop acide ! J'en voudrais une autre, lâcha-t-elle en me fixant, l'air d'attendre quelque chose.

– Hein ?

– Elle dit qu'elle voudrait une autre pomme, répéta Noëlle. Pendant que tu y es, prends-moi donc un café.

– Et un donut au chocolat, ajouta Kiran. Avec du sucre glace. Je fête la fin de la saison des maillots de bain.

– Miam ! fit Taylor. Moi aussi, j'en voudrais bien un.

Je les regardai l'une après l'autre, les joues en feu. Étaient-elles sérieuses ? Devais-je vraiment me lever et aller leur chercher leur commande ?

Dash lança un morceau de bagel dans sa bouche et hennit, hilare.

– Tu as tout retenu, ou il te faut un bloc et un stylo ? s'impatienta Noëlle.

Je regardai Ariana. Elle soupira et continua à lire. J'étais seule, sur ce coup-là, et quelque chose me disait que je n'avais pas cinquante solutions.

– C'est bon, j'y vais...

– Bonne décision, dit Noëlle.

Je me levai sur des jambes tremblantes.

– Tu ne demandes pas à Ariana si elle veut quelque chose ? fit Kiran, candide.

« Va mourir ! »

Je m'arrêtai et pris ma voix la plus suave :

– Ariana ? Tu veux quelque chose ?

– Non, merci, Reed, répondit-elle d'un ton enjoué, sans lever les yeux de sa page.

Ainsi, elle en était. Elle ne m'avait pas proposé de m'asseoir avec elles afin de faire ma connaissance : ses amies et elle cherchaient juste une nouvelle esclave pour les servir. Très bien. S'il fallait en passer par là, j'étais prête.

Je fis demi-tour et gagnai la file d'attente sous leurs regards attentifs. Je me sentais observée, triste et humiliée. Pourtant, ma principale préoccupation était de ne pas commettre d'erreur. Je me répétais la commande en boucle : « un café, deux donuts et une pomme... »

La pomme de Kiran était-elle rouge, jaune ou verte ? Je m'arrêtai et regardai par-dessus mon épaule. Verte. Ouf ! J'étais certaine que, si je me trompais, je ne serais plus jamais conviée à leur table. Or, il fallait à tout prix qu'elles m'invitent de nouveau. C'était vital ! J'étais prête à aller chercher leur petit déjeuner chaque matin, à endurer cette humiliation tous les jours, si seulement elles voulaient bien me réinviter...

Glauque

Plus tard dans la semaine, je fus convoquée par Mlle Naylor, peu avant le dîner. Elle voulait savoir si mes cours se passaient bien et s'assurer que j'étais toujours prête à relever le défi. J'avais l'esprit tout entier absorbé par une question : pourquoi, après mon unique repas en leur compagnie, les filles Billings ne m'avaient-elles pas réinvitée à m'asseoir à leur table ? Le seul défi qui m'intéressait, c'était de trouver le moyen d'y retourner. Cependant, j'avais beau placer ma vie sociale au premier rang de mes préoccupations, c'était le dernier des soucis de Mlle Naylor. Elle me regardait fixement, comme si elle attendait quelque chose. M. Barber lui avait-il parlé de moi ? Je les imaginai en train de chuchoter dans la salle des profs – y en avait-il une, d'ailleurs, à Easton ? – et parier sur ma longévité dans leur établissement. Je lui fis un sourire pincé et lui dis que tout allait bien. Là-dessus, je décidai de me rendre sans plus tarder à la bibliothèque et de m'attaquer à la liste de livres de Barber. Je n'allais quand même pas me rendre sans combattre !

De gros nuages gris s'accumulaient dans le ciel, l'air lourd était chargé d'humidité et l'atmosphère, oppressante. Comme d'habitude, je marchais la tête baissée. Un filet de sueur dégoulina dans mon cou et sous mon T-shirt. Je m'aperçus alors que je courais, et me rappelai que le temps ne s'y prêtait pas. Je ralentis en contournant la maison Gleck, un des dortoirs des garçons de première et terminale que tout le monde surnommait « Glauque », parce qu'il avait la réputation d'abriter la population la moins recommandable du lycée.

Bon, tout irait bien. Il suffisait que je me calme. Que je me rappelle pourquoi j'étais là, et l'endroit où je voulais éviter de retourner. Que...

Au moment où je passais l'angle de Gleck, j'entendis une fenêtre s'ouvrir et quelqu'un glousser. Je redressai la tête et me figeai : je venais de voir Kiran Hayes s'extirper tant bien que mal d'un soupirail, une large main étrangère sur les fesses. Elle se releva en riant, tira sur sa jupe et frotta ses genoux poussiéreux. Quelques secondes plus tard, un garçon émergea à son tour du sous-sol et l'attira à lui pour l'embrasser. Elle commença par le repousser, puis soupira et lui rendit son baiser.

Kiran Hayes sortait avec un mec de Glauque ! Aucun doute là-dessus : les mains du garçon furetaient déjà sous son pull, en direction de ses seins.

Bon. J'en avais assez vu !

Le mouvement que je fis pour partir dut alerter Kiran, qui aboya :

– Stop ! On ne bouge plus !

Je fermai les yeux et pivotai sur mes talons, le cœur battant la chamade.

– Ça alors ! Tu es vraiment une voyeuse ! s'exclama-t-elle en me reconnaissant.

– Non !

J'ouvris un œil et je vis le peloteur de Kiran attraper son sac de livres et filer vers la porte d'entrée du bâtiment. C'était le grand niais à qui elle avait souri, l'autre jour, à la cafétéria. Que faisait Kiran le top model avec ce loser accro aux mangas ? Je croyais qu'elle avait un mec à Barcelone...

– Je prenais un raccourci pour aller à la bibliothèque, me justifiai-je. Je n'ai rien vu.

Les cheveux de Kiran étaient emmêlés derrière. Sa jupe était devant derrière et son rouge à lèvres était parti, révélant une bouche rose et charnue. Même échevelée, elle était encore d'une beauté à tomber raide.

– Ouais, mettons...

Elle fit un pas vers moi.

– J'espère que tu n'as pas l'intention de parler de ça à quelqu'un...

– Non. Bien sûr que non.

– Tant mieux. Parce que je ne peux pas imaginer ce que je te ferais, sinon...

Waow ! C'était une menace, ou je ne m'y connaissais pas ! Ses yeux, si splendides en temps normal, étaient soudain pleins de hargne.

Cependant, tout intimidée que j'étais, je réalisai que je pouvais peut-être tirer parti de la situation. Lui montrer que j'étais digne de confiance. Elle me fournissait une nouvelle occasion de faire mes preuves.

– Ne t'inquiète pas, dis-je. Ton secret sera bien gardé.

À ma grande surprise, je vis un éclair de soulagement passer dans ses yeux. Elle avait vraiment peur qu'on apprenne ses frasques. Bizarre ! Ce mec aurait beau être le dernier des crétins, Kiran était si puissante, si populaire qu'elle pouvait se permettre de sortir avec n'importe qui sans essuyer l'ombre d'une moquerie. Dans ces conditions, pourquoi tenait-elle tant à garder cette petite aventure secrète ?

– Tant mieux ! dit-elle. Maintenant, tire-toi !

L'heure n'était pas aux questions, que d'ailleurs je n'aurais jamais eu le culot de lui poser. Je fis demi-tour et filai sans demander mon reste.

Rupture

Je restai pas mal de temps sans avoir aucun contact avec les filles Billings, hormis les entraînements avec Noëlle, pendant lesquels elle m'ignorait royalement. Au bout de trois semaines, je commençais à désespérer et à me demander ce que j'avais fait de travers. Kiran leur avait-elle conseillé de m'éviter, de crainte que je ne trahisse son secret ? Chaque fois que je la croisais, j'avais envie de l'aborder pour la rassurer sur ma discrétion. Hélas, elle était toujours en compagnie de Noëlle, de Taylor ou d'Ariana, et je renonçais à mon projet.

Quant à m'asseoir à leur table sans y être invitée, c'était hors de question.

En même temps, j'avais l'impression qu'il n'y en avait que pour elles. Un jour de grosse chaleur, au culte du matin, le doyen Marcus nous annonça la visite d'un invité de marque, un ancien élève d'Easton venu nous faire une déclaration. Là-dessus, il introduisit Lance Hallgren, star oscarisée et – pour une raison qui m'échappe – apôtre du programme spatial américain. Ovationné, Lance, debout sur l'estrade, les cheveux gominés et le sourire carnassier, nous expliqua qu'il n'était pas la star du jour, pour une fois. Il ne nous honorait de sa présence que pour décerner à Taylor Bell le prix d'excellence en recherche scientifique. Taylor le rejoignit sous un tonnerre d'applaudissements et Lance lui remit une plaque assortie d'un chèque de 5 000 dollars. La récompense comprenait aussi un voyage tous frais payés à Washington, où Taylor présenterait ses travaux à l'occasion d'un banquet à l'institut Smithsonian. Elle aurait enfin l'insigne honneur de dîner à la table de Lance Hallgren !

Quand je pense que la plus prestigieuse récompense scolaire que j'avais jamais remportée m'avait valu un ruban bleu et un bon-cadeau de 25 dollars à utiliser à la pizzéria du coin...

Le même jour, Kiran reçut un bouquet de vingt-quatre lys blancs à la cafétéria, en plein milieu du déjeuner. Comme elle faisait circuler la carte, je devinai que ce n'était pas un présent du mec de Glauque. Celui-ci, assis à quelques tables de là, la regardait d'un air piteux.

Peu après, les deux livreurs revinrent avec une Vespa couleur citron vert, qu'ils firent rouler entre eux jusqu'au centre de la salle. Tout le monde en resta bouche bée, même les professeurs, qui se hâtèrent d'aller questionner les deux hommes. Bientôt, tous les élèves furent debout, occupés à formuler des hypothèses. Comment les livreurs avaient-ils fait pour franchir les portes du lycée avec cet engin ? Avaient-ils soudoyé les gardiens ? Aucun élève n'était autorisé à posséder de véhicule motorisé sur le campus. Kiran pourrait-elle garder son scooter ? Quelqu'un se risquerait-il à confisquer son jouet à Mlle Hayes ?

De son côté, Kiran avait enfourché la Vespa, enfilé le casque blanc étincelant, et elle discutait des caractéristiques de son cadeau avec Dash, Gage et Josh, indifférente au tumulte ambiant.

Quelques jours plus tard, un des poèmes d'Ariana parut dans le journal d'Easton – *La Chronique* –, avec un petit encart précisant que le *New Yorker* avait décidé de le publier aussi. Le *New Yorker*, rien que ça ! Un quotidien qui recevait chaque jour les textes de milliers de poètes, tous âges confondus ! Le pompon, toutefois, ce fut l'élection des lauréats du lycée, qui distinguaient des élèves de première et de terminale. Noëlle rafla tous les titres : c'était elle la plus belle ; elle qui formait avec Dash le couple le plus prometteur ; elle qui possédait le meilleur sens de l'humour...

Ça, je demandais encore à voir.

Un jeudi pluvieux, en quittant la file du déjeuner avec Diana et Constance, je jetai un coup d'œil vers la table

Billings. Aucun rayon de soleil ne filtrait par la lucarne, et la cafétéria était plongée dans la pénombre. Pourtant, comme toujours, les filles Billings brillaient de mille feux.

– Tu as choisi un artiste pour ton exposé d'histoire de l'art ? me demanda Diana, alors que nous nous asseyions à notre table.

– Tu parles ! s'écria Constance en avalant une gorgée d'eau pétillante. Notre chambre est pleine à craquer des livres d'art qu'elle a empruntés à la bibliothèque, mais elle se contente de stresser en les regardant.

Merci, Constance ! J'adorais qu'elle raconte à tout le monde ce que je faisais dans l'intimité.

– Je ne voudrais pas faire quelque chose qui a déjà été fait, expliquai-je en haussant les épaules. Je cherche un truc original.

– Pour info, Mlle Treacle a quatorze mille ans, plaisanta Diana. Il n'y a pas un seul artiste sur lequel elle n'ait déjà entendu un exposé.

– Je ne regrette pas d'avoir choisi l'option journalisme, se félicita Constance. C'est quand même plus drôle d'enquêter pour *La Chronique* que d'apprendre par cœur un tas de tableaux rasoir. En plus, ma mère connaît M. Ascher, alors je suis à peu près sûre d'avoir un article à la une.

« Tant mieux pour toi. »

Chaque fois que je commençais à apprécier Constance,

elle sortait quelque chose d'horripilant qui me faisait changer d'avis.

Je soupirai et regardai de nouveau la table Billings. Comment allais-je supporter de prendre trois repas par jour ici, alors que j'avais goûté au plaisir d'être là-bas ?

Soudain, comme si elle avait senti mon regard, Noëlle leva la tête et nos yeux se croisèrent. Elle quitta brusquement sa chaise, qui fit un bruit sinistre en raclant le sol.

– Qu'est-ce qu'elle fabrique ? demanda Constance.

Noëlle fonçait sur nous. Une boule se forma dans ma gorge.

– Je n'en ai aucune idée.

Noëlle s'arrêta devant moi, prit mon plateau et l'emporta à sa table sans prononcer un mot. Elle le posa près de celui de Kiran et me fit un vague signe de tête. Kiran rit et agita la main avec espièglerie. Taylor dissimula son visage derrière ses boucles et rougit. Ariana baissa son livre et regarda alentour, rêveuse. Au bout de la table, Natasha semblait excédée et Leanne nous fixait d'un œil mauvais.

– Je crois qu'elle veut que tu ailles t'asseoir là-bas, dit Diana.

Bien vu. Je me levai et pris mon sac à dos. Noëlle avait fait un tel cinéma que toute la cafétéria m'observait.

En arrivant à la hauteur de Dash et Kiran, je m'attendais encore à ce qu'on me fasse un croc-en-jambe ou à sentir le sol se dérober sous mes pieds. Par chance, il n'en fut rien.

– Si tu veux t'asseoir ici, fais-le, me dit Noëlle. Personne ne t'en empêche.

J'avais le sentiment que c'était la meilleure invitation que je recevrais jamais. Je m'efforçai de cacher ma joie.

– Salut, Reed, fit Taylor, toute rose.

– Salut.

Ariana me sourit et replongea dans son livre. Natasha et Leanne m'ignorèrent, mais cela m'était égal.

– On a besoin que tu fasses quelque chose pour nous, me dit Noëlle de but en blanc.

Et voilà. Fin du rêve ! La réalité s'imposa brutalement à moi, et je me reprochai ma naïveté. J'aurais dû me douter que, si elle me faisait venir à leur table, c'était pour me charger d'une nouvelle corvée. Que voulait-elle, cette fois ? Une autre tranche de pain pour son sandwich ?

– D'accord.

– On voudrait que tu ailles rompre avec le mec de Glauque à la place de Kiran.

Kiran devint livide et mon sang se figea dans mes veines. Je la regardai, paniquée. Ses yeux se firent accusateurs.

– Je n'ai rien dit, lâchai-je précipitamment.

Noëlle eut un petit rire sardonique.

– Ah, parce qu'en plus tu étais au courant...

Elle nous considéra l'une après l'autre en hochant la tête :

– Intéressant ! Depuis quand êtes-vous des confidentes, toutes les deux ?

– Noëlle, commença Kiran, je...

– Ne t'inquiète pas, Lèche-vitres ne t'a pas trahie. Ce crétin a un blog. Tu ne le savais pas ? Et il n'est pas très fort en informatique. Un des types a reçu le lien par erreur et l'a fait suivre à tout le lycée en dernière heure.

Kiran semblait au bord de la nausée. Je prévoyais qu'elle allait, dans l'ordre, vomir, s'évanouir et mourir. Je ne pus m'empêcher de la plaindre.

– Un mec de Glauque, Kiran, quand même..., dit Ariana d'un ton presque compatissant. Tu pensais qu'on ne l'apprendrait pas ?

Elle lui saisit la main comme l'aurait fait une mère. Kiran se laissa faire au début, puis se dégagea. Elle avala sa salive, prit une pose nonchalante et picora un bâtonnet de carotte dans son assiette.

– Et alors ? On déconnait juste. Je n'en ai rien à foutre de lui.

Elle mentait. Cela se voyait comme le nez au milieu de la figure, mais visiblement cela ne dérangeait personne.

– Tant mieux, fit Noëlle. Parce qu'une fille Billings ne peut pas sortir avec un mec de Glauque. C'est inconcevable. Et, comme elle ne peut pas sortir avec lui, elle ne peut pas non plus rompre avec lui, évidemment. C'est là que tu interviens, ma chère Lèche-vitres.

– Ça va donner ! pouffa Leanne.

– Va lui dire que c'est fini, reprit Noëlle, péremptoire. Inutile de prendre des pincettes. Dis-lui que Kiran ne veut plus rien avoir à faire avec lui. Que c'est un loser crasseux avec un petit machin ratatiné, et qu'elle ne veut plus jamais lui parler.

Personne ne bougea. Je regardai Kiran. Elle était anéantie, et il me semblait que Noëlle avait choisi des mots particulièrement durs pour la punir. Mon cœur battait si fort qu'il résonnait dans mes oreilles et dans mes tempes.

– C'est ce que je dois lui dire ?

– Mot pour mot.

Ma gorge se serra et je me mis à respirer avec difficulté.

– Maintenant ?

– Non, mercredi prochain ! s'écria Noëlle. Bien sûr, maintenant !

– Bon... d'accord.

Je regardai Kiran :

– Comment s'appelle-t-il ?

– On s'en fiche ! gronda Noëlle.

– James, répondit Kiran.

Elle me jeta un regard désespéré et je compris que ce mec comptait pour elle. Comment pouvait-elle laisser ses amies me charger de cette tâche odieuse pour une stupide question d'image ? Pourquoi ne se défendait-elle pas ? Pourquoi ne *le* défendait-elle pas ?

Je m'éclaircis la gorge et me levai :

– Bon... Je reviens.

Je marchai lentement vers la table de James. La pluie tambourinait sur la lucarne et un éclair illumina la salle. Je vis plusieurs pages imprimées posées sur les tables et devinai qu'il s'agissait du blog de James. Quand j'atteignis la table des Gleck, tous les mecs levèrent la tête. Tous, sauf James, qui semblait m'ignorer à dessein. Il savait que j'étais là, cela se voyait à son visage marbré de rouge, mais il avait décidé de garder les yeux rivés sur son manga.

– Euh, James ? dis-je en m'essuyant les mains sur mon jean.

– Qui es-tu ? Qu'est-ce que tu veux ? me demanda-t-il sans me regarder.

– Je m'appelle Reed. Mais, euh... c'est Kiran qui m'envoie.

Deux mecs s'esclaffèrent et me dévisagèrent, hilares. James leva enfin la tête. Il était assez mignon, en fait, dans le genre pâle et lunaire. Il avait de beaux yeux noisette, des lunettes et un visage gentil.

– Pardon ? fit-il en fronçant les sourcils.

Je me récitai de mémoire ce que m'avait dit Noëlle. Débiter de telles horreurs à ce pauvre type devant tous ses copains était infâme, mais je n'avais pas le choix. Si Noëlle apprenait que j'avais touché à son texte, elle me ferait passer un sale quart d'heure.

– Elle dit que c'est fini.

Je me mordis la lèvre avant d'enchaîner :

– Elle dit qu'elle ne veut plus rien avoir à faire avec toi.

Je vis la mâchoire de James se crisper.

– Quoi ?

Je pris mon courage à deux mains pour cracher le reste de mon venin :

– Elle dit... elle dit que tu es un loser crasseux avec un petit machin ratatiné et qu'elle ne veut plus jamais te parler.

– Non, ça, c'est faux ! s'écria un des mecs, hilare.

Plusieurs rirent, mais la plupart avaient l'air aussi écœurés que moi.

James repoussa sa chaise et se leva.

– Où tu vas ? lui demandai-je, affolée.

– À ton avis ? siffla-t-il entre ses dents. Si c'est vraiment ce qu'elle pense, qu'elle me le dise en face !

Paniquée, je le rattrapai par le bras. Je ne pouvais pas laisser James le Glauque humilier Kiran devant tout le lycée. Ce serait échouer dans ma mission, et cela, je ne pouvais pas me le permettre. Pas maintenant, alors qu'on venait de me donner une seconde chance.

– Hé, mec, reprends-toi ! Je t'ai dit qu'elle ne voulait plus te parler. Elle a fait une erreur, ça arrive. Dis-toi que c'était un moment de folie passagère...

Je regardai par-dessus mon épaule, puis me penchai vers lui et baissai la voix :

– Si tu vas là-bas, on va se faire massacrer tous les deux. À ta place, j'éviterais...

Je sentais le regard de Noëlle dans mon dos ; son impatience était presque palpable.

« S'il te plaît, James, ne fais pas ça ! » l'implorai-je en silence

Finalement, il soupira et se dégonfla.

– Tu peux lui dire que... que je suis désolé ? me demanda-t-il d'une voix calme.

Désolé ? Il était désolé ? Est-ce qu'il se fichait de moi ?

– Ne lui dis pas devant ses amies. Attends d'être seule avec elle.

Il avait tout compris. C'était déjà ça.

– Bien sûr, chuchotai-je, au bord des larmes.

La dignité de sa réponse me rendait mon acte encore plus odieux. J'ignorais si je me retrouverais bientôt en tête à tête avec Kiran. À part le jour où je l'avais surprise avec James, je ne l'avais jamais vue sans au moins une de ses amies. En tout cas, si l'occasion se présentait, je lui ferais la commission. C'était la moindre des choses.

James prit ses affaires et quitta la salle la tête basse, pour la plus grande joie des élèves présents. Je fus presque étonnée que personne n'applaudisse.

Je retournai lentement à la table Billings, complètement dégoûtée. Cependant, quand je vis leurs expressions amusées, la tristesse à peine dissimulée de Kiran, il me vint un irrésistible besoin de prendre l'air. Je les dépassai sans m'arrêter et sortis, m'arrêtant sous l'avant-toit dégoulinant de pluie. Le tonnerre gronda. Je réprimai une terrible envie d'éclater en sanglots. Qu'est-ce que je venais de faire ?

– Tu crois que ça en vaut vraiment la peine ?

Je sursautai au moment où Thomas s'écartait du mur. Sa veste sombre était trempée et des gouttes dégoulinaient de ses cheveux.

– Qu'est-ce que... Tu passes ton temps à te cacher, ou quoi ? lui demandai-je, lorsque je fus remise de ma frayeur.

Thomas sourit et se pencha vers moi. Toute bouleversée que j'étais, je fus envahie par une bouffée de chaleur.

– Ne te laisse pas submerger, nouvelle ! murmura-t-il.

Il me regarda de bas en haut d'un air gourmand qui me flatta autant qu'il m'irrita.

– Ce serait dommage, termina-t-il.

L'espace d'une seconde, il se pencha si près de moi que je sentis son souffle sur mon visage. Je crus qu'il allait m'embrasser. Mais il se contenta de sourire, fit demi-tour et s'éloigna sous la pluie.

Mensonges

Je n'eus pas à chercher longtemps le moyen de parler à Kiran seule à seule. Lorsque je sortis de Bradwell le lendemain matin, avec Constance et les autres, elle était assise sur le banc de pierre devant l'entrée du bâtiment. Elle semblait tendue.

– On se voit en cours, lançai-je à Constance.

Kiran se leva en soupirant et j'allai à sa rencontre. Le temps que j'arrive près d'elle, elle s'était refait une contenance et avait retrouvé son air blasé, son attitude hautaine.

– Salut, lui dis-je, troublée.

– Qu'est-ce qu'il t'a dit ? me demanda-t-elle sans préambule. Ça ne m'intéresse pas spécialement, mais je voudrais être sûre qu'il a reçu le message.

Mensonges !

– Il l'a reçu, ne t'inquiète pas.

Elle me fixa. Les taches d'or de ses iris palpitaient.

– Et qu'est-ce qu'il a dit ?

Je m'éclaircis la gorge :

– Il a dit qu'il était désolé. Il m'a demandé d'attendre que tu sois seule pour te dire qu'il était désolé.

Kiran cligna les yeux.

– Vraiment ?

– Ouais, lui dis-je, dévorée par la curiosité. Pourquoi a-t-il dit une chose pareille, après ce que je lui ai fait ?

– Je ne sais pas, murmura Kiran.

Elle secoua la tête et ses yeux se perdirent un instant dans le vague. Puis elle sourit et ajouta :

– C'est James, il est comme ça.

Je souris à mon tour, notant que nous partagions une certaine complicité. Kiran me dévoilait un aspect de sa personnalité qu'elle ne laisserait jamais voir à Noëlle, ni aux autres, j'en étais convaincue. Ses grands yeux s'embuèrent soudain.

– Ça va ? lui demandai-je.

Elle se reprit dans l'instant. Quand elle me regarda de nouveau, son chagrin s'était évaporé.

– Bon, tu ne m'as rien dit, déclara-t-elle d'un ton coupant.

– Où tes amies te croient-elles ?

– Qu'est-ce que ça peut te faire ?

Elle secoua la tête en me voyant tressaillir.

– Écoute, murmura-t-elle, j'apprécie que tu ne leur aies pas parlé de lui, mais j'ai besoin que tu continues. Cette conversation n'a jamais eu lieu. Tu l'emportes avec toi dans la tombe !

« De quoi as-tu si peur ? »

J'avais eu tellement envie de prononcer ces mots que j'avais dû me mordre la langue pour les contenir.

– D'accord.

– Bien.

Elle hocha la tête d'un air décidé et rabattit ses lunettes noires sur ses yeux.

Avais-je rêvé, ou avait-elle chuchoté un « merci », juste avant de s'éloigner de son pas chaloupé de mannequin ?

Mouton

– Tu manges bien ? me demanda mon père.

– Ouais. On se régale ici, c'est délicieux.

Ce n'était qu'un demi-mensonge : la nourriture, quoique médiocre, était quand même meilleure à Easton qu'au self du lycée de Croton.

J'appuyai mes pieds contre l'étagère, sous la cabine téléphonique. Je n'étais assise que depuis deux minutes sur le petit banc de bois et j'avais déjà mal aux fesses. Nous n'avions pas de téléphone dans les chambres, aussi toutes les filles de l'étage étaient-elles censées utiliser ce téléphone public. Sauf que les autres avaient des portables : j'étais la seule à m'en servir.

– Tu me manques, ma puce, dit mon père.

C'était bizarre. Avant cette année, hormis de brefs coups de fil pour lui demander de venir me chercher ici ou là, je n'avais jamais parlé à papa au téléphone. Je le vis en pensée, assis à la table de la cuisine, son journal devant lui, ouvert à la page des sports. Cette vision me déprima. Je suivis du doigt les mots *Slayer rules*[1], gravés sur le mur.

– À moi aussi tu me manques, papa.

– Vivement le week-end des parents, dit-il. Ta mère et moi avons hâte de venir…

Sa phrase me fit l'effet d'un électrochoc. J'avais bien lu le passage concernant le week-end des parents dans le catalogue d'Easton, mais je l'avais aussitôt oublié, et pour cause… Je n'imaginais pas plus mes parents ici que sur la planète Mars. Je voyais déjà ma mère fulminer pendant tout le trajet. Je ne comprenais pas pourquoi papa trouvait malgré tout cette idée attrayante.

– Il faut que je te laisse, me dit-il. Ta mère veut dîner.

– D'accord.

À présent, je me la figurais elle aussi, assise en face de lui, le fusillant du regard par-dessus un plat de viande froide.

– Elle te passe le bonjour, ajouta mon père.

« Bien sûr que non. »

– D'accord. Bon, au revoir, papa.

---

1. Slayer est un groupe de musique punk et les « Slayer rules » sont un dispositif légal empêchant une personne qui a assassiné ses parents d'hériter de leurs biens. Il s'agit ici probablement d'un jeu de mots signifiant que le groupe « slayer » est aux commandes (*to rule* : gouverner, diriger).

– Je t'aime, Reed.

– Moi aussi, papa.

Je raccrochai le téléphone et pris un moment pour reprendre mon souffle. C'était fou, comme un simple coup de fil suffisait à me projeter là-bas. À me replonger dans la crainte et la tristesse. Après chaque conversation avec mon père, il me fallait un temps pour me reconstruire ; me rappeler que je ne vivais plus avec eux ; que je n'étais plus réveillée chaque matin par les cris de ma mère réclamant qu'on lui apporte ses cachets dans sa chambre. Ma vie m'appartenait, désormais, même si je n'étais pas encore tout à fait habituée à cette idée.

On frappa un petit coup à la porte vitrée et je sursautai. Puis j'aperçus le visage de Constance à travers le verre dépoli.

– Viens, ça commence !

Elle me fit un signe impatient avant de se sauver en courant. Je soupirai et me relevai tant bien que mal.

Nous étions dimanche soir, et toutes les filles de l'étage s'étaient réunies dans la salle commune pour regarder je ne sais quel reality show dont elles avaient parlé toute la journée. Je ne l'avais encore jamais vu, et cela les avait occupées une bonne demi-heure après le dîner. Quant à moi, qui allais enfin découvrir l'objet de leur passion mutuelle, je trépignais d'impatience. Si, vraiment !

Je me laissai tomber sur un canapé à côté de Constance, qui avait gardé ma place, et regardai défiler les publicités. Lorna se tourna vers moi. Elle s'était installée par terre, sur un gros coussin de soie rose qu'elle avait apporté de sa chambre.

– Mais, alors, qu'est-ce que tu fais le dimanche soir ? me demanda-t-elle.

Elle s'était tartiné le visage d'une espèce de masque bleu à l'odeur infecte et avait ramassé ses cheveux bouclés dans deux chignons au sommet de sa tête. On aurait dit un malfrat de bande dessinée. « La Terreur bleue. »

– Je bouquine, en général, dis-je.

Missy pouffa et Lorna roula les yeux. C'étaient leurs activités favorites, et elles s'y adonnaient à tour de rôle.

Constance commença à me raconter l'intrigue et je l'écoutai distraitement. Je savais que j'aurais dû être dans ma chambre ou à la bibliothèque, en train d'étudier des manuels d'histoire, de travailler ma prononciation en français ou de résoudre des problèmes de maths. Le seul cours qui ne me posait pas trop de problèmes était celui de littérature, et seulement parce que, jusqu'à ce jour, j'avais passé tous mes dimanches à lire. Toutefois, malgré le travail qui m'attendait, j'avais décidé de cultiver des relations avec mes pairs. Il était plus que temps.

Certes, j'aurais préféré me prélasser avec les filles Billings, mais cela ne faisait pas partie de mes possibilités.

Même si j'avais pris tous mes repas en leur compagnie depuis que Noëlle m'avait subtilisé mon plateau ; même si j'étais allée leur chercher ce qu'elles me demandaient, et si j'avais exécuté toutes les corvées qui leur étaient passées par la tête, nos contacts restaient limités à la cafétéria.

– Vous allez au bal, samedi ? lança Diana à la cantonade, pendant la énième publicité automobile.

Kiki, assise près d'elle, continua à osciller de la tête au rythme de sa musique, tout en feuilletant le dernier numéro de *In Touch*[2].

– Bien sûr ! dit Missy.

Elle se décolla du sol, où elle s'était installée pour se vernir les ongles de pieds, referma son flacon de vernis et s'assit sur le sofa.

– Il faut que je me trouve un mec.

À l'entendre, on aurait cru qu'elle allait s'acheter une paire de chaussettes.

– Il n'y avait jamais de bals dans mon ancien lycée, dit Constance. Je ne parle pas des galas de charité, où tous les parents étaient présents. Il n'y a pas de parents cette fois, rassurez-moi !

Missy roula les yeux.

– On va prendre ça pour un « non », dis-je.

---

2. *In touch* est un magazine people américain dans la veine de *Voici*, ou de *Gala*.

– Alors, j'en suis ! s'écria Constance. Sans hésitation. Et toi, Reed ?

Je rougis à cette pensée. Je n'avais jamais mis les pieds dans les bals organisés par le lycée de Croton. Ces soirées, qui réunissaient les mecs des différents clubs sportifs et leurs groupies, se terminaient en général par des bagarres, et la police intervenait pour mettre fin aux réjouissances. C'était tellement systématique qu'on était passé de quatre bals par an à un seul, le bal de la promotion, réservé aux premières et aux terminales. Le résultat, c'était que je n'avais jamais dansé avec un garçon.

– Je ne sais pas, dis-je. J'ai pas mal de boulot...

– Tu lis le dimanche et tu bosses le samedi soir ? résuma Lorna avec une grimace qui fit craquer son masque bleu. Attention, mesdames, vous avez devant vous une incorrigible fêtarde !

– Ne te fatigue pas, Lorna, intervint Missy en s'attaquant à ses cuticules avec des ciseaux spéciaux. Quoi que tu lui dises, je suis persuadée qu'elle n'ira pas.

– Pourquoi tu dis ça ? la questionnai-je.

– Je dis ça parce que tu es un mouton, lâcha-t-elle en me fixant dans les yeux.

Je soutins son regard, craignant à tout moment d'être absorbée par ses narines monstrueuses, et songeai que, si je restais ainsi assez longtemps, je verrais peut-être la noirceur de son cœur.

– Jamais les filles Billings n'y assisteront, car elles se croient au-dessus de tout ça. Et toi, tu fais ce qu'elles font. Comme les moutons, qui suivent le troupeau...

Lorna gloussa avec ses amies. Constance se mordit la lèvre et me regarda avec méfiance, se demandant si j'allais exploser.

J'aurais pu trouver un million de réparties. J'aurais pu, par exemple, lui faire remarquer qu'elle était jalouse parce que les filles Billings connaissaient mon existence. J'aurais pu aussi lui rappeler que c'était elle qui brûlait d'envie d'être invitée dans leur dortoir, l'an prochain, et que dans ces conditions elle devrait se dispenser d'aller au bal. Cependant, je ne voulais surtout pas avoir l'air de me défendre. Plutôt mourir que de lui donner cette satisfaction ! Le sang bouillonnant comme de la lave, je restai un instant debout sans rien dire, avant de regagner calmement ma chambre. Comment avais-je pu une seule seconde envisager de devenir amie avec ces filles ?

Menteuse

– Tu vas lui parler ? me demanda Constance dans un souffle.

J'étais adossée au mur de la grande salle où Easton organisait toutes ses manifestations, depuis la collecte de fonds jusqu'aux dons de sang, et je regardais Thomas papillonner de l'autre côté, entouré de sa cour habituelle. C'étaient surtout des troisièmes et des secondes, car la plupart des premières et des terminales avaient fait l'impasse sur le bal de la rentrée. Comme l'avait prédit Missy, les filles Billings brillaient par leur absence. Elle n'avait pas tort, cependant : Ariana, Noëlle, Kiran et Taylor étaient au-dessus de ce genre d'événement. Elles étaient trop sophistiquées, trop cool, trop occupées à des milliers de choses plus intéressantes… Quant à moi, j'étais là pour trois raisons. Premièrement, parce que Constance m'avait suppliée de venir, et qu'elle ne m'aurait pas laissée en paix avant que j'accepte. Deuxièmement, pour faire mentir Missy, qui avait déclaré publiquement que je me défilerais. Et, troisièmement, parce que je n'avais rien de plus excitant pour me retenir qu'un monceau de travail de la taille d'un immeuble.

Ce que je ne comprenais pas, c'était pourquoi Thomas était venu. Ce qui n'était pas assez bien pour les filles Billings ne l'était pas pour lui non plus, en principe...

– Peut-être..., dis-je, pour répondre à la question de Constance.

« Quand il ne sera plus aussi occupé », complétai-je en pensée.

Je regardai avec un pincement de jalousie une jolie brunette rire de quelque chose qu'il venait de dire. Depuis le regard que Thomas m'avait lancé devant la cafétéria, je ne cessais de penser à lui. J'avais beau le soupçonner de n'être guère recommandable, il m'attirait irrésistiblement. C'était curieux, vu le petit nombre de fois où nous nous étions parlé. Mais le cœur ne se commande pas, et ce soir-là, de toute évidence, le mien voulait Thomas !

Sur le pourtour de la salle, les lycéens bavardaient, riaient ou fixaient la piste de danse vide pendant que le DJ passait au hasard des tubes des dix dernières années. Quelques professeurs, qui erraient çà et là, les dévisageaient avec des airs sévères. À croire que l'administration d'Easton avait choisi les membres les plus austères de son équipe pour chaperonner l'événement ! Je me demandai si les élèves auraient dansé, s'ils se seraient davantage amusés en l'absence de ces sentinelles. Si ce bal n'avait été mon premier, c'eût été sans conteste le plus nul de tous.

– Pourquoi ne vas-tu pas l'inviter à danser ? s'enquit Constance.

– Euh... Personne ne danse.

– Va au moins lui dire bonjour, insista-t-elle. Allez ! Il nous faut une idylle, et ça ne peut pas être moi : j'ai déjà Clint. J'ai envie de vibrer par procuration, à travers toi.

– Arrête, me défendis-je, je n'ai jamais dit que ce type me plaisait !

Elle pouffa :

– C'est vrai. Sauf que ça saute aux yeux.

« Ah bon ? Vraiment ? Quelle honte ! »

– Je ne vois pas pourquoi tu fais toutes ces manières, claironna Missy. C'est une personne comme une autre.

« J'aimerais bien t'y voir, toi... »

– Justement, il vient par ici, murmura Constance.

« Quoi ? »

Je levai la tête. Thomas traversait la salle en me regardant droit dans les yeux, un sourire enchanteur aux lèvres. Il s'arrêta devant moi.

– Où est ton escorte ? me lança-t-il en guise d'entrée en matière.

– Mon escorte ?

– Les filles Billings. Je croyais que tu ne sortais pas sans elles.

Derrière moi, Missy s'étrangla de rire. Était-ce pour cela qu'il était venu ? Pour se moquer de moi ?

– Je fais ce qui me plaît, dis-je en levant le menton.

– Tant mieux. De toute façon, tu n'as pas besoin d'elles.

Oh, que si ! Et, s'il ne l'avait pas compris, il était beaucoup plus naïf que je ne le pensais.

– Bon, il faut que quelqu'un danse, déclara-t-il. Reed Brennan, par exemple.

Il sourit et m'offrit ses mains.

« Au secours ! »

– Mais... personne ne danse.

– Et alors ? Tu as le trac ?

– Pardon ?

Je pris ses mains et il m'entraîna vers la piste sans me quitter des yeux. Dans la salle, tout le monde nous fixait. Les professeurs avaient l'air dégoûtés que quelqu'un ait l'effronterie de danser sur ce morceau. Les autres garçons semblaient seulement intrigués ; en revanche, la jalousie qui irradiait de la population féminine était presque palpable. Le plus beau mec, le seul qui avait le culot de danser, avait choisi de danser avec moi ! J'étais fébrile, et ma sensibilité s'en trouvait exacerbée.

Thomas s'arrêta. Sans un mot, il prit mes bras et les posa de part et d'autre de son cou. Puis il passa les siens autour de ma taille et laissa reposer ses mains au creux de mes reins. Pas une seconde, ses yeux ne quittèrent les miens. Au premier pas de danse, mon souffle devint court. Chaque parcelle de mon corps brûlait de l'envie de le toucher. Les mains et les bras, ce n'était pas suffisant.

– À quoi tu penses ? me demanda-t-il.

Je rougis.

– À rien.

Un coin de sa bouche se souleva, faisant apparaître une petite fossette.

– Cachottière ! Tu pensais à quelque chose de vilain...

Ma peau grésilla. Il approcha sa joue de la mienne et sa barbe de plusieurs jours me picota. Son souffle était chaud dans mon oreille.

– Confie-moi tes pensées coquines, Reed Brennan.

J'avais les paumes moites et un léger vertige. Tout mon corps palpitait.

– Est-ce que je te rends nerveuse ? demanda-t-il.

Je secouai la tête.

Il se recula, me regarda dans les yeux et sourit :

– Menteuse.

Et il m'embrassa.

Accrochage

J'avais espéré que Thomas, pressé de me retrouver, arriverait à l'heure au culte du matin. Hélas, comme d'habitude, il se faufila dans la chapelle avec dix minutes de retard, caché derrière ses lunettes noires qui m'interdisaient de croiser son regard. Je m'étonnais qu'on le laisse se balader ainsi sur le campus, mais apparemment personne n'y trouvait rien à redire.

Je passai la matinée dehors, à « réviser » au soleil avec Constance. Il fallait que je prenne mes études en main, car pour l'instant mes résultats n'étaient pas brillants. Le vendredi matin, j'avais présenté mon exposé d'histoire de l'art sur Frida Kahlo à Mme Treacle, qui l'avait critiqué comme les autres, me reprochant mon manque d'imagination et une insuffisance de documentation. Elle m'avait mis un C en me conseillant de faire mieux la prochaine fois. Mon oral de français n'avait pas été plus convaincant.

J'avais fait des progrès en prononciation, mais Mlle Krantz me trouvait encore trop hésitante. Pour couronner le tout, nous avions eu notre premier quiz en histoire, et je préférais ne pas penser au nombre de blancs que j'avais laissés sur la page.

J'avais décidé de m'atteler au travail, et j'en avais envie. Pourtant, je ne pouvais m'empêcher de scruter les environs, espérant apercevoir Thomas. Le baiser que nous avions échangé la veille occupait toutes mes pensées. Je me rappelais en frémissant la façon dont il m'avait effleuré le visage, du bout des doigts. Jamais encore on ne m'avait embrassée ainsi, et j'étais impatiente de renouveler l'expérience.

– Tu penses à lui ? me demanda Constance en me surprenant les yeux dans le vague.

– Euh, non. J'essayais juste... de résoudre une équation, me défendis-je, écarlate.

– Ouais, c'est ça, pouffa Constance. Tu es tellement amoureuse que tu souris sans t'en rendre compte.

– Je ne suis pas amoureuse, répliquai-je, catégorique.

– Tu parles ! me taquina-t-elle.

– Ça te dérange si on travaille ?

Constance se rembrunit et se replongea dans son livre sans rien ajouter. Je m'en voulus de ma brutalité, mais je n'avais jamais été très douée pour choisir mes mots. Encore une chose que je devrais apprendre.

J'inspirai un grand bol d'air et tentai de me concentrer. En dépit de mes efforts, cinq secondes plus tard, mes pensées avaient de nouveau dérivé sur Thomas. J'étais totalement accro !

Après une matinée interminable, l'heure du déjeuner arriva enfin. Thomas faisait toujours une apparition, même éclair, à la cafétéria le midi. L'impatience me rendait fébrile.

Je m'approchai avec hésitation de la table Billings, craignant comme toujours qu'on m'éclate de rire au nez et qu'on me demande de m'en aller. Je m'assis sans déclencher aucune protestation et poussai un soupir de soulagement. Ariana quitta un instant son livre des yeux et m'adressa un sourire distrait.

– Salut, Reed ! me lança Taylor, toute joyeuse.

C'était la seule des quatre qui semblait contente de me voir.

– Salut !

Je jetai un coup d'œil sur Kiran. Elle m'ignorait, comme s'il ne s'était jamais rien passé de spécial entre nous.

– Comment ça va ? Comment se passent tes cours ? me demanda Taylor. As-tu fait quelque chose d'intéressant hier ?

– Bien, bien et non, pas vraiment, dis-je avec détachement.

Je commençais à être habituée à ses chapelets de questions, et j'avais appris à y répondre sans entrer dans les détails.

– Il paraît que Thomas Pearson et toi avez fait des bêtises hier soir..., dit Noëlle, amusée.

J'ouvris la bouche, mais rien n'en sortit. Comment se débrouillait-elle pour toujours tout savoir ?

– Thomas Pearson ! dit Kiran en haussant un sourcil parfaitement épilé. En voilà une bonne idée...

« Une idée excellente ! lui répondis-je en pensée. Certainement meilleure que ton idée de sortir avec un mec de Glauque, en tout cas... »

– Sais-tu que les Pearson donnent deux cent cinquante mille dollars à l'école chaque année, en plus des frais de scolarité de leur fils ? me demanda Taylor.

Deux cent cinquante mille dollars... Deux cent cinquante mille dollars ! La richesse de ces gens-là devait dépasser l'entendement !

– Taylor, voyons ! la réprimanda Ariana, comme si parler d'argent était vulgaire.

Taylor, vexée, se ferma comme une huître.

Sur ces entrefaites, la double porte s'ouvrit et Thomas entra avec Dash, Gage et Josh. Je n'en croyais pas mes yeux. J'avais espéré le voir pendant les dernières minutes du repas, comme d'habitude, quand il passait prendre un sandwich avant de filer. Et le voilà qui faisait son entrée avec ses copains. Pile à l'heure.

Je me blindai et me défendis de rien attendre de sa part. Peut-être que les événements de la veille ne signifiaient rien, après tout. Peut-être qu'il avait oublié mon existence. Qu'il...

– Salut, nouvelle ! dit-il en s'asseyant à côté de moi.

Il écarta du bout des doigts une mèche rebelle de mon visage. Lorsque je me tournai vers lui, il me déposa un baiser sur les lèvres.

– Je devrais sans doute commencer à t'appeler Reed, maintenant...

« Maintenant. » Comme dans « Maintenant que tout a changé. Maintenant que tu es ma petite amie. » Whoa !

– Hé, Josh, tu vas faire la queue ? cria-t-il en posant son bras sur le dossier de ma chaise.

Ce petit geste me fit courir des frissons dans tout le corps. Josh s'arrêta dans l'allée centrale, où Dash et Gage le rejoignirent.

– Ouais.

– Prends-moi un sandwich. J'ai une de ces dalles...

Il approcha son visage du mien et m'embrassa de nouveau. J'entendis Kiran et Taylor chuchoter de l'autre côté de la table.

– Est-ce que j'ai l'air d'être ton larbin ? rétorqua Josh.

Thomas se détacha de moi et le fusilla du regard.

– Ouais, précisément !

Josh rougit, haussa les épaules et s'éloigna.

– Alors, Pearson, tu t'es trouvé une nouvelle victime ? lui demanda Noëlle.

Je retins mon souffle. Qu'insinuait-elle ?

– C'est un compliment, venant de toi, dit Thomas.

Noëlle piqua un fard.

– Je suis étonnée que le mot « compliment » fasse partie de ton vocabulaire, riposta-t-elle.

– Ta gueule, Lange !

– Hé, mec, on se calme ! fit Dash, qui revenait à la table.

Thomas lui lança un coup d'œil assassin, puis ricana et me posa un baiser sur la joue. Son attitude était pour le moins déconcertante.

– Je ne sais pas ce qu'a foutu le cuistot, reprit Dash, bougon. Il n'y a pas un seul plat chaud, aujourd'hui.

– Peut-être parce qu'il fait 35 degrés dehors, suggéra Kiran en s'admirant dans son éternel miroir de poche.

– Réflexes ! cria soudain Josh.

Je rentrai la tête dans les épaules pour esquiver un sandwich baguette enveloppé de cellophane. Thomas l'attrapa sans effort.

– Un sandwich tout prêt ! On est des privilégiés, ironisa-t-il.

Un vague malaise m'envahit à ces mots. Savait-il que j'étais tout sauf une privilégiée ? Et les autres ? Comment réagiraient-ils s'ils l'apprenaient ?

– Vivement le week-end des parents ! fit Gage en déballant son sandwich.

Thomas soupira et s'affaissa sur sa chaise. À quoi devions-nous ce brusque changement d'humeur ?

– Pourquoi ? demandai-je. Qu'est-ce qu'il y a de si super pendant le week-end des parents ?

Ma curiosité avait ses raisons : si mes parents devaient en être, autant que je sois prévenue de ce qui m'attendait. Je voulais savoir, par exemple, si j'avais une chance, même infime, de ne croiser aucune de mes connaissances pendant la durée de leur séjour.

– C'est le jour où on nous sert les meilleurs repas de toute l'année, expliqua Noëlle. Gage pense avec son estomac.

– Et avec des zones situées plus au sud, ajouta Gage en riant la bouche ouverte, exposant sa dernière bouchée à moitié mâchée.

– J'ai hâte de voir ma mère, murmura Ariana.

– Mesdames et messieurs, c'est incroyable, mais elle existe ! déclama Noëlle. Je vous présente la seule fille au monde pour qui le pire inconvénient de la pension, c'est d'être séparée de ses parents.

Tout le monde rit, sauf Thomas.

– On ne pourrait pas parler de quelque chose d'un peu moins chiant ? grogna-t-il.

– Le sujet qui fâche…, glousa Kiran en continuant à s'étudier sous tous les angles dans son miroir.

– Vous êtes vraiment une bande de losers ! explosa Thomas. C'est une tradition ridicule. Je me demande même pourquoi ils la perpétuent. Si nos parents veulent nous envoyer des merdes, ils n'ont qu'à le faire par Internet. C'est nul de tout arrêter pendant un week-end entier !

– Détends-toi, mec ! Ce n'est pas notre faute si tes parents sont des nases, dit Dash.

– Je t'emmerde, connard ! lâcha Thomas.

Les rires se turent sur-le-champ et je rougis, choquée. Manifestement, Thomas avait des soucis avec ses parents. Il avait des marbrures rouges sur le cou, à la lisière de sa chemise, et semblait tendu, prêt à bondir.

– Ça va ? lui demandai-je.

– Très bien, fit-il en me prenant la main.

Il me regarda d'un air implorant :

– Viens, on y va…

Je n'avais pas du tout envie de partir. Les repas en compagnie des filles Billings étaient les meilleurs moments de ma journée. Pourtant, il paraissait désespéré ; son pied tressautait sous la table et il voulait que je l'accompagne. Moi…

– D'accord.

Il se leva d'un bond et m'entraîna à sa suite, si vite que j'eus à peine le temps de lancer un « au revoir » à la cantonade.

Points communs

Thomas sortit en trombe de la cafétéria et fonça vers l'arbre le plus proche, sur lequel il se mit à frapper à grands coups de poing.

– Thomas !

Indifférent à mon cri, il se recula et balança une nouvelle fois son poing contre l'écorce.

– Arrête ! hurlai-je en lui saisissant le bras.

Il commença par me résister, puis céda quand il vit à quel point j'étais terrifiée.

– Que se passe-t-il ? demandai-je.

Ma question était un peu ridicule, mais j'étais folle d'inquiétude. Il fallait que je dise quelque chose.

Thomas soupira bruyamment et se laissa tomber sur un banc de pierre devant la cafétéria. Il balança son sac sur le sol. Des nuages s'amoncelaient dans le ciel et une brise fraîche me fit frissonner.

– Pardon, dit Thomas, en coinçant sa main blessée sous son aisselle.

– Ce n'est pas grave.

Après tout, ce n'était pas la première fois que je voyais quelqu'un disjoncter.

– Respire à fond.

Il me sourit avec reconnaissance et suivit mon conseil en se détournant. Il peinait visiblement à se contrôler. Quelle que soit la raison de sa crise, il ne l'avait pas surmontée.

– Et merde ! murmura-t-il.

Je posai une main dans son dos ; il sursauta et se dégagea. Les joues me brûlèrent. Voulait-il que je m'en aille ? J'étais réticente à le laisser seul, dans cet état. J'hésitais encore sur la conduite à tenir quand j'entendis quelqu'un siffler.

Je me retournai et pestai à voix basse en apercevant un professeur, qui venait vers nous d'un pas tranquille.

– Ne lui dis rien, me supplia Thomas d'une voix de petit garçon qui craint de se faire gronder.

– Ne t'inquiète pas.

Le professeur, un vieux monsieur, s'arrêta devant nous et nous considéra de haut en bas. Il portait une cravate et une veste de tweed avec une fleur sauvage à la boutonnière.

– Tout va bien, monsieur Pearson ?

Je notai, amusée, que sa moustache blanche se déformait à chacun de ses mots.

– Très bien, monsieur Cross, répondit Thomas.

– Ne devriez-vous pas être en train de déjeuner à l'heure qu'il est, monsieur Pearson ?

– Mon amie ne se sentait pas très bien, alors je l'ai accompagnée dehors pour qu'elle respire un peu d'air frais

Thomas était étonnamment posé. On n'aurait jamais pu deviner qu'il avait piqué une crise de nerfs quelques secondes plus tôt.

– Je vous présente Reed Brennan, monsieur Cross. Elle est en seconde.

– Enchanté de faire votre connaissance, mademoiselle Brennan. Ne vous attardez pas trop dehors.

– Non, bien sûr, répondis-je.

Quand il repartit enfin, Thomas et moi recommençâmes à respirer.

– Putain, quelquefois, je les déteste ! dit Thomas.

– Qui ? Les profs ?

– Non. Eux, dit-il en faisant un geste de sa main meurtrie en direction de la cafétéria. Noëlle et Dash. Pour qui ils se prennent, bordel ?

– Je ne sais pas, je...

Je ne savais pas quoi dire. Je n'avais jamais vu personne, à part ma mère, perdre son sang-froid comme Thomas venait de le faire. Et jamais, en dépit de mes efforts, je n'avais trouvé les mots qui convenaient pour réconforter ma mère.

– Et ta main, ça va ? lui demandai-je en découvrant ses jointures sanguinolentes.

– Ouais, ça peut aller.

Sa respiration se calmait peu à peu. Il s'appuya contre le banc, l'air dépité.

– Je suis désolé, mais quelquefois j'en ai vraiment ras le bol, murmura-t-il...

Je souris.

– Je connais ce sentiment.

– Ah bon ? fit-il, étonné.

– Ouais. D'habitude, je m'en prends à un oreiller, mais...

Thomas me fixait avec attention. Son expression s'était radoucie.

– Quelles raisons peux-tu bien avoir de te mettre en colère ? me demanda-t-il.

Je me figeai. Jamais je n'avais parlé de ma mère à quiconque : je m'en étais fait une règle. Cependant, son regard doux et inquiet m'incitait presque à baisser la garde.

– Confie-moi les tiennes et je te dirai les miennes, marchandai-je.

Thomas sourit tristement.

– D'accord. Si tu veux vraiment savoir...

Il se tourna vers le mur de la cafétéria avant de continuer :

– Par où commencer... ? Mon père est alcoolique, et ma mère aussi, en plus d'être dingue. Quand il a bu, papa parle fort et devient odieux. Maman se tait et devient hargneuse. S'ils se déplacent ensemble, c'est une catastrophe ambulante ! Aux remises de diplômes, en fin de cinquième, mon père s'est endormi avec son caméscope et s'est écroulé dans l'allée, puis il s'en est pris au directeur du collège, qu'il a accusé d'avoir installé des sièges pourris. La vidéo est un morceau d'anthologie ! Quant à ma mère, mieux vaut ne pas me lancer sur le sujet...

Mon cœur se serra. Je reconnaissais ce ton : las, triste, déçu et honteux.

– Ils viennent ici tous les ans, et toute l'école leur cire les pompes à cause du fric qu'ils leur filent. Ils font les grands seigneurs pendant deux jours, me donnent des ordres et se comportent en parents modèles. Ça me fait gerber ! dit Thomas en refoulant ses larmes.

Il inspira profondément.

– Ici, c'est un peu chez moi, tu comprends. Quand ils débarquent, ils fichent tout en l'air.

Il soupira et regarda dans le vague. Je restai assise un moment sans rien dire. J'étais désolée pour lui. Et pour moi.

– À ton tour, dit-il.

Je le regardai dans les yeux. Pouvais-je lui faire confiance ? Je me jetai à l'eau :

– Moi, c'est juste ma mère... sauf qu'elle prend des cachets avec son whisky. Des cachets qu'on lui prescrit. De toutes sortes. Ensuite, selon la couleur de ce qu'elle a pris, elle devient psychotique ou elle sombre dans le coma. En plus, elle me déteste.

– Ça, je suis sûr que ce n'est pas vrai, fit Thomas, mécaniquement.

– Si, je t'assure, dis-je d'un ton désinvolte, comme pour lui signifier que ce n'était pas très grave. Elle me déteste parce que j'existe, parce que j'ai ma vie, parce que je suis jeune et en bonne santé. Elle a eu un accident de voiture quand j'avais huit ans et elle a le dos en vrac, encore aujourd'hui. C'est là que tout a commencé. Un jour où elle était ivre morte, elle m'a tout sorti. Elle m'a dit à quel point elle me haïssait.

Thomas me regarda intensément et hocha la tête. Ce geste minuscule était assez éloquent. Ses yeux étaient tristes, mais pas parce qu'il me prenait en pitié. Il me comprenait.

Après l'avoir gardé tout ce temps, j'avais enfin confié mon secret à quelqu'un. J'en éprouvai un immense soulagement.

– Et ton père ?

– Papa, je l'adore. Il est génial. Mais ma mère est une vraie harpie ! Si elle vient au week-end des parents, elle se fera un plaisir de m'humilier. Ce sera horrible.

– Alors, ne leur demande pas de venir, me suggéra-t-il.

Je ris :

– Parce que toi, tu demandes à tes parents de venir ?

– Touché, dit Thomas en souriant.

Il me prit la main :

– On n'a pas de bol, hein ?

– On fait la paire, notai-je.

– Je t'ai déjà dit que j'étais heureux que tu sois là ?

– Non, fis-je en sentant poindre un sourire.

– Je le suis. Et je pense qu'on devrait prendre notre déjeuner ensemble à partir d'aujourd'hui. Rien que toi et moi.

Je me raidis.

– Mais, et…

– Et les filles Billings ? compléta-t-il. Est-ce que quelqu'un pourrait me dire ce que ces quatre-là ont de si super ?

Je haussai les sourcils.

– J'essaie juste de me faire des amies.

– Tu n'as qu'à être amie avec moi…

Il effleura mes lèvres des siennes et tout mon corps me picota.

– Pourquoi as-tu besoin d'elles alors que tu m'as, moi ?

« Parce qu'elles ont tout ce que j'ai toujours voulu. Parce qu'elles peuvent m'apprendre à être comme elles. Parce qu'avec elles j'aurai un avenir. »

– Une fille a besoin d'amies filles.

Il recula.

– Et tu crois que ce sont tes amies ? fit-il, incrédule.

J'eus un haut-le-corps.

– Pourquoi pas ? Elles ont toujours été gentilles avec moi.

Il s'esclaffa :

– Ouais, c'est ça...

– C'est vrai ! mentis-je. Les filles de mon étage sont bien pires, je t'assure !

– Je n'arrive pas à croire qu'entre elles et moi tu les choisisses, elles, plaisanta-t-il en secouant la tête. Tu me déçois, Reed Brennan.

– Rassure-toi, dis-je sur un ton léger, je crois pouvoir me partager de façon équitable entre elles et toi...

– Si tu le dis, fit-il en haussant les épaules joyeusement.

Puis il me regarda dans les yeux et devint sérieux.

– Je ne voudrais pas te voir souffrir, c'est tout.

Touchée, je lui souris :

– Merci, tout ira bien.

Il me rendit mon sourire.

– Je vais nettoyer ça, dit-il en montrant sa main meurtrie.

– Tu veux que je t'accompagne à l'infirmerie ?

– Je ne peux pas y aller. L'infirmière serait obligée de

prévenir mes parents que je me suis blessé, et je n'ai pas besoin de ça en plus !

Il se leva.

– Rentre. Va retrouver tes chères amies...

Je ris et hochai la tête. Cependant, au fond de moi, j'étais mal à l'aise. Pouvais-je sortir avec Thomas alors que les filles Billings ne l'appréciaient pas ? Pouvais-je passer du temps avec les filles Billings alors que Thomas les détestait ? Pourquoi mes deux principaux centres d'intérêt à Easton étaient-ils antagonistes ?

Je regardai Thomas. J'avais envie de le protéger, de le serrer dans mes bras et de l'embrasser à l'étouffer. Jamais je ne le laisserais tomber. Plus maintenant, alors que j'avais enfin trouvé quelqu'un qui me comprenait.

Mais je savais aussi que je ne supporterais pas une nouvelle scène comme celle d'aujourd'hui. Il faudrait juste que j'évite de les mettre en présence, lui et les filles Billings. C'était un effort que j'étais prête à faire, pour garder leur amitié à tous.

– On se voit tout à l'heure ? dis-je.

– Et comment !

Il se pencha vers moi et m'embrassa sur le front avant de s'éloigner.

Pas de demi-mesure

Le lundi matin, à la fin du cours d'histoire, M. Barber nous rendit le quiz du vendredi précédent. Il arpentait les allées en déposant d'un geste vif les copies à l'envers sur les tables.

– Comme vous le savez peut-être, j'ai un système de notation assez peu orthodoxe, nous signala-t-il.

Au fur et à mesure de son passage, les élèves récupéraient leur quiz et grognaient ou souriaient, suivant le cas, en découvrant leur note.

– Dans mon système, expliquait Barber, il n'y a pas de C ni de D. Il n'y a que A pour excellent, B pour satisfaisant, et F. Vous savez tous ce que signifie F. Aujourd'hui, vous êtes assez nombreux à avoir réussi ce test, mais certains ont échoué...

Sur ces mots, Barber s'arrêta devant moi et l'odeur âcre du café flotta jusqu'à mes narines. Il posa avec emphase ma copie sur ma table, à l'endroit, afin que tout le monde puisse la voir. Elle était barbouillée de rouge et portait en haut un gros F bien gras.

Je pris la feuille en refoulant des larmes brûlantes. Barber se détourna, dégoûté.

– Je conseille à ceux qui ont échoué de passer davantage de temps à la bibliothèque cette semaine. Le quiz de vendredi sera deux fois plus long que celui-ci.

Il alla s'asseoir à son bureau et nota quelque chose dans son cahier.

– Je vous souhaite une bonne journée, conclut-il en soulevant sa tasse de café.

Au même instant la sonnerie retentit, annonçant la fin du cours.

Je me levai sans quitter ma feuille des yeux et fis un rapide calcul de tête. J'avais trente-sept réponses exactes sur cinquante, soit 74 sur 100. J'avais 74, et il m'avait mis un F ! Dans quelle école de dingues étais-je tombée ? Comment le doyen pouvait-il autoriser de telles pratiques ?

Missy me dépassa en gloussant :

– On dirait que ça te change de la Pennsylvanie...

Un jour, j'allais lui enfoncer quelque chose dans les narines. Sans rire !

– Oups, pardon ! fit Constance, qui venait de me rentrer dedans en se pressant vers la sortie.

Elle me passa un bras autour des épaules et m'entraîna vers la porte.

– Si tu veux, me proposa-t-elle, on révisera ensemble la prochaine fois. Je me suis fait un système de fiches très efficace.

Avant de quitter la salle, je jetai un dernier coup d'œil sur Barber, ce pervers qui torturait pour le plaisir des élèves innocents. Je ne sais s'il sentit mon regard noir ; en tout cas, il ne leva pas les yeux de son livre. Cela ne fit qu'accentuer la haine que j'éprouvais pour lui.

À la fin de la journée, toutefois, je n'étais pas loin de me dire que Barber avait eu raison de me mettre un F. Dans l'après-midi, plusieurs professeurs nous avaient rendu nos devoirs de la semaine passée, et les notes que j'avais reçues avaient achevé de me démoraliser. Selon les critères d'Easton, je n'étais plus une élève brillante, loin s'en faut. Enfin, au moins, les autres professeurs étaient assez gentils pour s'en tenir au système de notation traditionnel.

À part mon C en histoire de l'art, j'avais eu un C+ en français, un B- en maths et un C à mon devoir d'anglais sur Upton Sinclair. Si même une dissertation sur mon auteur chéri ne me valait pas plus de la moyenne, j'étais mal partie ! Le seul A que j'avais obtenu, c'était en TP de biologie, pour un travail réalisé en classe avec trois autres élèves et auquel, pour être honnête, je n'avais guère contribué : je m'étais couchée tard la veille au soir, après avoir discuté des heures à voix basse avec Thomas, depuis le téléphone du couloir.

Tout cela pour dire que je ne fus guère surprise quand je trouvai dans mon casier un mot de Mlle Naylor, qui me demandait de passer la voir.

Quelque chose me disait que je pouvais commencer à préparer mes valises.

Rencontre inopinée

En allant voir Mlle Naylor juste avant le dîner, je longeai d'un bon pas Gwendolyne Hall, un bâtiment qui abritait autrefois des salles de classe, condamné depuis dix ans pour des raisons de sécurité. Chemin faisant, je fus surprise de voir trois garçons me dépasser en rasant les murs, tels des voleurs. Je pressai l'allure, jusqu'à ce qu'une voix familière m'interpelle :

– Salut, toi !

C'était Thomas ! Il était adossé au mur de pierre dans sa posture habituelle, debout sur une jambe et l'autre repliée, lui servant d'appui.

– Viens par ici ! fit-il en me tendant la main.

Je me sentis fondre. Je jetai un coup d'œil par-dessus mon épaule en direction de Hale Hall, que les élèves appelaient Hell Hall[1] parce que c'était là que se trouvaient

1. Le couloir de l'enfer.

les bureaux des conseillers et des professeurs. Si je traînais trop, je risquais d'arriver en retard à mon rendez-vous. Pourtant, malgré la crainte que m'inspirait Mlle Naylor, je fus incapable de résister à l'expression coquine de Thomas.

J'acceptai sa main et il m'entraîna derrière lui.

– Où va-t-on ?

Sans répondre, il me fit tourner le coin du bâtiment, monter un perron décrépit et franchir un porche. Nous nous retrouvâmes dans une pièce sombre aux murs tachés de moisissure. Quelque part, tout près de nous, des gouttes tombaient sur le sol à un rythme régulier. Thomas s'assit sur un banc construit dans un des murs de pierre et me prit sur ses genoux. Sans me laisser le temps de reprendre ma respiration, il passa une main sous mes cheveux et m'attira à lui pour me couvrir de baisers. Je le repoussai sans grande conviction :

– Thomas, arrête ! Il faut que je...

Il secoua la tête et resserra son étreinte. Le cœur battant, je touchai son visage et son cou du bout des doigts, puis j'empoignai ses épaules. Ses mains à lui couraient dans mon dos, sur mon ventre, et effleuraient mes seins avant de retourner à mon visage. Une vague de désir me submergea. Je me pressai contre lui, cherchant à réduire au minimum l'espace qui nous séparait. Pourtant, j'étais consciente que nous faisions une chose défendue, qu'on risquait de nous surprendre et que j'allais forcément arriver en retard.

Thomas s'écarta de moi un quart de seconde :

– Je ne pense qu'à ça..., me dit-il dans un souffle

– Moi aussi.

J'inspirai une grande bouffée d'air et ajoutai :

– Moi aussi, mais il faut que j'y aille.

– Quand je t'ai vue passer, j'ai cru à un mirage, dit-il. Mais tu étais vraiment là.

Je ris.

– Ouis, j'étais vraiment là. Et maintenant il faut vraiment que je parte.

Il m'embrassa encore, dans une tentative désespérée pour me retenir. Mue par une soudaine volonté, je me dégageai et récupérai mon sac en tâtonnant sur le sol humide.

– Il faudra qu'on recommence, murmura Thomas, le souffle court.

– D'accord.

Intimidation

– Mademoiselle Brennan, la première fois que nous nous sommes rencontrées, je vous ai dit que je vous aurais à l'œil. Est-ce que j'avais l'air de plaisanter ?

J'essayai de réprimer un sourire, mais, après ma rencontre avec Thomas, c'était difficile.

– Non.

– Vous ignoriez donc que je reçois chaque semaine des comptes rendus de tous vos professeurs, je suppose...

Ses bajoues broutaient le col montant de son chemisier de soie violet, y laissant une vilaine trace de fond de teint.

– Oui.

Je clignai des yeux et me tortillai sur ma chaise, les lèvres pincées. « Allons, Reed, c'est sérieux, là ! »

– Euh... Je veux dire non. Non, je ne le savais pas.

Mlle Naylor plissa les yeux et fit claquer sa langue. Elle prit une feuille sur son bureau et l'approcha de la lumière.

– Insatisfaisant, lut-elle.

Elle répéta son geste avec une deuxième feuille :

– Fait preuve d'un minimum d'efforts.

Et avec une troisième :

– Peu, voire pas de préparation pour les cours et les quiz.

Chaque commentaire faisait monter ma température. Lorsque je parvins enfin à me concentrer, je jouai à deviner quel professeur avait dit quoi, afin de décider lequel je haïssais le plus. Hélas, à la réflexion, n'importe lequel aurait pu faire n'importe laquelle de ces remarques. Et ils avaient tous raison : j'étais devenue une élève lamentable.

– Encore une série de notes comme celles-ci et vous serez mise en probation, reprit Mlle Naylor en levant le menton. Le maintien de votre bourse dépend de vos résultats, et le bureau des directeurs risque de se demander s'il n'a pas fait une erreur en vous admettant ici. Et croyez-moi, le bureau des directeurs déteste s'apercevoir qu'il s'est trompé.

Elle avait une drôle de façon de parler du bureau des directeurs au singulier. C'était peut-être correct du point de vue grammatical, mais cela me faisait penser à un superordinateur caché derrière un rideau vert, qui assénait des verdicts inhumains. Cependant, je dois reconnaître que c'était efficace. J'avais vraiment peur.

– Bien, mademoiselle Brennan. Comment pouvons-nous remédier à cela ? me demanda Mlle Naylor

Elle étala les feuilles devant elle et croisa au-dessus ses gros doigts noueux.

– Je vais travailler plus dur ? suggérai-je, la gorge nouée.

Elle me fixa comme si elle attendait une autre réponse, plus sérieuse.

– Je vous conseille de passer moins de temps avec ces demoiselles de Billings et plus de temps à la bibliothèque, lâcha-t-elle enfin.

J'en restai interloquée. Ses lèvres furent agitées d'un tic nerveux ; elle était ravie de m'avoir choquée, c'était manifeste. Elle se tapota la tempe, près de sa paupière fardée de bleu.

– Je vous ai prévenue que je vous aurais à l'œil. Vous devriez commencer à me prendre plus au sérieux, et vos études aussi. Si vous êtes renvoyée d'Easton, vous ne pourrez plus batifoler avec vos nouvelles amies... Ni avec ce Thomas Pearson...

Oh, mon Dieu ! Nous avait-elle vus ? Que signifiait ce regard ?

– Bien. Allez-vous prendre vos études en main ? insista-t-elle, une lueur de triomphe dans le regard.

– Je… Oui, bien sûr ! dis-je, me demandant où l'école avait caché ses caméras de surveillance.

Je n'avais jamais vu Mlle Naylor à l'extérieur de sa cave, à part au culte du matin. Comment savait-elle avec qui je passais mon temps ?

– Parfait, conclut-elle. Je ne vous retiens pas.

Je quittai tant bien que mal ma chaise et son bureau, sentant ses yeux rivés sur ma nuque. Une fois dehors, je pris une profonde inspiration et réfléchis à ce qu'elle m'avait dit. Elle avait été déstabilisante et indiscrète, mais au fond elle n'avait pas tort. Si je n'obtenais pas bientôt de meilleurs résultats, je me ferais renvoyer et je n'aurais plus ni les filles Billings, ni Thomas pour me distraire. Je me retrouverais dans le premier car Greyhound pour Croton avant de comprendre ce qui m'arrivait.

Génie

La journée était belle et l'air était tiède. En allant dîner, je croisai Noëlle, Ariana, Kiran et Taylor qui se doraient au soleil sur la pelouse. Kiran avait relevé sa chemise pour exposer son ventre. Noëlle, appuyée sur les coudes, discutait avec Taylor, qui arrachait machinalement des brins d'herbe. Ariana était allongée sur le dos, les pieds sur un banc, un livre devant le visage. Elle avait terminé *Anna Karénine* et lisait *Les frères Karamazov*.

En passant devant elles, les autres élèves leur lançaient des regards obliques. Pendant la journée, nous n'étions pas autorisés à paresser où que ce soit, à moins d'être malades et à l'infirmerie. Je les dépassai en soupirant.

– Un problème, Lèche-vitres ? me cria Noëlle.

Je commençai par m'arrêter, puis, hésitante, je repris mon chemin en serrant la bride de mon sac à deux mains.

Cela faisait une éternité qu'aucune des filles Billings ne s'était adressée à moi ailleurs qu'à la cafétéria.

– Non, ça va.

– Non, ça ne va pas ! Tu sors du bureau de Mlle Naylor, dit Ariana, sans quitter son livre des yeux.

Comment le savait-elle ? Elle tourna sa page et se remit à lire. Kiran baissa ses lunettes de créateur et me regarda par-dessus la monture.

– Ah, ouais, elle a le regard.

– Quel regard ?

– Le regard « je viens d'avoir mes premières notes et j'ai envie de me suicider », dit Noëlle en croisant nonchalamment les jambes.

Taylor aspira de l'air entre ses dents.

– C'est catastrophique à ce point ?

J'oubliais parfois que ces filles étaient toujours au courant de tout. Rien de ce qui se passait dans cette école ne leur échappait. Je me demandai si j'aurais un jour cette sorte de sagesse, moi qui ne savais même pas si je serais là assez longtemps pour connaître le menu du dîner de fête du vendredi suivant...

– Ça va s'arranger, marmonnai-je.

– Ne raconte pas de conneries ! s'écria Noëlle. À voir ta tête, on dirait que la languette sur laquelle tu viens de faire pipi a viré au bleu. Demande un coup de main à Taylor.

Les yeux de l'intéressée pétillèrent, et elle se leva.

– Oui ! Je vais t'aider, avec plaisir !

– Vraiment ?

Je n'arrivais pas à croire que les filles Billings m'offraient leur soutien. Elles ne m'avaient chargée d'aucune corvée depuis pas mal de temps. Était-il possible que la torture soit finie ? M'acceptaient-elles enfin ?

– Elle nous aide toutes, fit Noëlle. Pourquoi traîne-t-on avec elle, à ton avis ?

Elle ferma les yeux et inclina la tête vers le soleil. Taylor se décomposa. Noëlle avait touché un point sensible.

– Noëlle, fit Ariana d'un ton de reproche.

Noëlle se rassit :

– Quoi ? Elle sait bien que je plaisante. Taylor, tu sais que je plaisante ?

Taylor hocha la tête, mais elle était visiblement blessée.

– Tu n'as pas des tonnes de travail à faire pour toi ? lui demandai-je.

Sans la laisser répondre, Noëlle s'esclaffa :

– Tu parles ! Elle a déjà fait tout son travail du semestre... plus le mien, ajouta-t-elle à mi-voix.

Kiran gloussa et je me demandai si Noëlle disait vrai. Cela ne m'aurait pas surprise. Peut-être même que c'était vraiment la raison pour laquelle Noëlle acceptait Taylor dans son entourage, alors que leurs différences de caractère étaient évidentes.

– Je t'assure, ce n'est pas un problème, dit Taylor.

– Noëlle Lange est une grosse fainéante, lança Kiran en bâillant.

Elle se tourna sur le ventre et rajusta son chemisier pour exposer son dos au soleil. Elle avait un tatouage noir au bas des reins, qui m'évoquait un sphinx égyptien. Je voulais lui demander ce qu'il représentait, mais Noëlle ne m'en laissa pas le temps :

– Ça te va bien de dire ça, riposta-t-elle. Ton cul a grossi de façon exponentielle depuis qu'on est là.

– Tu connais la signification du mot « exponentielle » ? Étonnant ! répliqua Kiran avec un sourire de mépris.

– Les filles ! intervint Ariana, mécontente.

Noëlle soupira, récupéra son sac et se leva. Ses trois amies l'imitèrent, comme toujours.

– Tu devrais la laisser t'aider, Lèche-vitres, dit Noëlle en s'éloignant. Elle a beau être blonde, elle est monstrueusement intelligente.

Taylor vira au rose, mais ne protesta pas. Elle me sourit avec gentillesse et serra ses livres contre sa poitrine.

– D'accord, dis-je. Si tu es sûre que ça ne te dérange pas...

– Super ! Quand veux-tu qu'on se voie ?

Son enthousiasme me paraissait un peu disproportionné, mais sa proposition me touchait autant qu'elle me réconfortait. Les filles Billings me donnaient enfin une preuve d'amitié. Grâce à leur aide, je pourrais peut-être remonter ma moyenne et rester à Easton. Cette journée finissait par s'arranger.

Contretemps

Je passai les quelques jours suivants à jongler entre mon boulot, les entraînements de foot et les rendez-vous secrets avec Thomas. Chaque fois que nous nous croisions, il s'arrangeait pour me toucher, me chatouiller ou m'embrasser. Un matin, après le petit déjeuner, nous nous retrouvâmes derrière la maisonnette du jardinier. Le lendemain après-midi, après mon entraînement, il m'attira dans la tranchée de baseball. Là, pour la première fois, je lui laissai glisser les mains sous mon T-shirt et dégrafer mon soutien-gorge. Ma nervosité et ma crainte d'être surprise étaient telles que j'étais prise par moments de tremblements incontrôlables.

Le plus souvent, nous nous retrouvions dans notre refuge secret, à l'entrée de Gwendolyne Hall. Ce n'était guère plus sûr qu'ailleurs, mais, curieusement, nous nous y sentions à l'abri. Thomas m'asseyait sur ses genoux ou m'allongeait par terre sur sa veste et nous échangions des caresses et des baisers, profitant l'un de l'autre jusqu'à la dernière seconde avant de filer en classe, au dortoir ou à l'entraînement.

Nos rendez-vous étaient toujours un peu stressants. Nous étions en permanence à l'affût de bruits de pas, et regardions sans arrêt derrière nous pour nous assurer que personne ne nous espionnait. Cela rendait nos rencontres encore plus grisantes, et me donnait chaque fois envie d'aller plus loin, avant qu'on ne soit découverts et placés sous les projecteurs.

Un après-midi, après le déjeuner, j'allais rejoindre Thomas à Gwendolyne Hall comme prévu lorsque je le croisai dans la cour. Il était blême, distrait, et jetait des regards furtifs tout autour de lui. Croyant qu'il me cherchait, je lui fis un signe de la main. Il me dépassa sans me voir.

– Thomas ?

Il s'arrêta et fit volte-face. Je remarquai que ses gestes étaient saccadés et qu'il avait perdu sa nonchalance habituelle.

– Thomas, ça va ? Qu'est-ce qui t'arrive ?

– Je ne peux pas te parler pour l'instant, Reed.

– Mais je croyais qu'on...

– Je ne peux pas ! répéta-t-il d'un ton sans appel.

Il regarda de nouveau alentour, puis s'approcha de moi.

– Tu n'aurais pas vu mon téléphone, par hasard ? me chuchota-t-il.

– Ton portable ? Non. Pourquoi ? demandai-je, déconcertée.

– Putain ! Qu'est-ce que j'ai bien pu en faire...

Il mit ses mains jointes devant sa bouche et scruta les environs, pensif.

– Il faut absolument que je le retrouve, déclara-t-il en s'éloignant d'un pas précipité.

Je courus derrière lui :

– Attends ! Je vais t'aider.

– Non !

Son ton était si tranchant que je m'arrêtai net. Thomas vit mon air déconfit et soupira :

– Écoute, ne t'inquiète pas. C'est mon problème. Tu n'as qu'à aller en cours. Je... On se voit plus tard.

Je m'efforçai de ne pas lui montrer l'étendue de ma déception. Toute la matinée, j'avais attendu le moment de le voir, mais il était si contrarié d'avoir perdu son téléphone que je ne pouvais pas vraiment lui en vouloir. Après tout, l'attente ne ferait que rendre notre prochaine rencontre plus intense.

– J'espère que tu vas le retrouver, lui lançai-je.

Il ne parut même pas m'entendre.

Délit d'initié

La bibliothèque municipale de Croton tout entière aurait tenu dans l'entrée de la bibliothèque d'Easton. Michael Easton, qui avait fondé l'école avec son frère Micah, était un ardent bibliophile qui avait voyagé dans le monde entier pour garnir de textes originaux les rayonnages de sa bibliothèque bien-aimée, dont il avait même supervisé la construction. C'est du moins ce que j'avais lu sur la plaque de bronze près de l'entrée, en attendant que Taylor me rejoigne pour notre première séance de révisions. Arrivée cinq minutes en retard, elle s'était excusée en m'expliquant qu'elle était restée plus longtemps que prévu au téléphone, à encourager sa petite sœur qui passait une audition musicale dans son collège en Indiana. J'ignorais que Taylor était originaire du Midwest, et cela me la rendit encore plus sympathique. Ainsi, je n'étais pas la seule à n'avoir pas grandi à New York, Boston, Chicago ou Los Angeles.

– M. Barber jubile à l'idée de nous faire trembler, mais l'an dernier j'ai compris son système, me chuchota-t-elle lorsque nous fûmes assises face à face à une grande table de chêne, au milieu des rayonnages.

Il régnait dans la pièce un silence étonnant, seulement perturbé par le vague ronronnement d'une photocopieuse, quelque part dans le lointain.

– Son système ? murmurai-je.

Taylor sourit malicieusement. Je notai qu'elle paraissait plus à l'aise ici, parmi les livres, qu'entourée de ses amies.

– Tout le monde dit que ses quiz sont mortels, mais en fait on peut prévoir à peu près toutes les questions qu'il va poser, continua Taylor.

Elle ouvrit mon livre d'histoire au chapitre six et le poussa devant moi.

– Ses questions portent toujours sur la troisième phrase de chaque paragraphe des chapitres qu'il nous donne à étudier.

Elle utilisa son crayon, côté gomme, pour m'indiquer les passages correspondants :

– Là, regarde : le 12 juillet 1812 le général Hull et ses troupes sont entrés au Canada à Sandwich.

Elle lisait à l'envers plus vite que moi dans le bon sens.

– C'est la troisième phrase du paragraphe. Mémorise simplement cette information, et tu sauras répondre. Tu peux faire l'impasse sur tout le reste.

– Tu plaisantes ! fis-je en rapprochant le livre.

– Pas du tout. Fais-moi confiance. Si tu n'as pas au moins quatre-vingt-douze au prochain test, tu n'auras qu'à t'en prendre à moi...

Je souris et ouvris mon cahier pour commencer à dresser des listes. J'étais aussi excitée que si elle m'avait donné une carte de paiement illimitée. La perspective d'impressionner Barber était infiniment réjouissante.

– Je crois que je vais t'adorer, lui dis-je.

Taylor rit, ravie.

– Note toutes ces infos, et je t'expliquerai ensuite comment plaire à Mlle Krantz.

Elle sortit de son sac un roman à l'eau de rose et compléta :

– Elle raffole des exposés en rapport avec la nourriture. Je ne sais pas pourquoi. Elle n'a peut-être pas fait un seul repas digne de ce nom depuis la fin de l'administration Clinton...

Je pouffai.

– Tu ne révises pas ? lui demandai-je en la voyant ouvrir son livre.

– Tu te rappelles ce que Noëlle a dit : que j'avais déjà fait tout le travail du semestre ?

J'acquiesçai.

– C'est la vérité.

« Au secours ! »

J'ouvris mon cahier et j'allais m'atteler à la tâche quand le portable de Taylor vibra sur la table. Elle le regarda et leva les yeux au ciel.

– C'est pour toi, dit-elle.

Je plissai le front et pris le téléphone. Un texto s'affichait à l'écran : « alors, Lèche-vitres, tu progresses ? »

Je réprimai un rire, lâchai mon crayon et répondis : « pas mal ».

Au moment où je reposais le portable, il vibra de nouveau. Taylor le regarda avec irritation. Un second SMS de Noëlle disait : « pourquoi t'as pas de téléphone ? »

Je rougis et répondis : « pas le droit ». Ça sonnait mieux que « pas les moyens ». La réponse de Noëlle fut presque instantanée : « je m'en occupe ».

Que voulait-elle dire ? Je posai le portable, qui vibra encore. Taylor pesta à mi-voix, s'en empara et rédigea un texto vengeur.

– Qu'est-ce que tu lui as écrit ? m'enquis-je, espérant que cela ne mettrait pas Noëlle en fureur contre moi.

– Je lui ai juste rappelé que, si ta moyenne ne remontait pas, ils te renverraient chez toi. Comme c'est ce qu'elle craint...

Ah bon ? J'avais du mal à croire que Noëlle se souciait

vraiment de ma présence à Easton, mais c'était agréable à entendre.

Une seconde plus tard, le téléphone vibra de nouveau. Je l'attrapai par jeu et regrettai aussitôt mon audace. Après tout, ce n'était pas mon portable, et peut-être que Noëlle écrivait quelque chose de secret à Taylor. J'allais le lui rendre quand je vis que l'expéditeur du texto n'était pas Noëlle, mais Thomas. Ainsi, il avait retrouvé son portable... J'eus un pincement de jalousie : pourquoi écrivait-il à Taylor ? Je réalisai à la seconde suivante que ce message aussi m'était destiné : « nouvelle, rdv foyer ketlar 8 h 00. À plus ».

Une invitation dans le dortoir des mecs. Cette journée était de plus en plus intéressante. Taylor remarqua mon air béat et me prit le portable des mains. Elle lut le texto, gloussa et me le rendit.

– Tu t'amuseras avec ton petit ami quand tu auras terminé ton travail, me dit-elle, imitant le ton sévère d'une maman.

Je réprimai un rire et Taylor sourit. Je décidai de remettre à plus tard mes interrogations sur les projets de Noëlle Lange. Si je ne travaillais pas, je n'aurais peut-être jamais l'occasion de découvrir en quoi ils consistaient.

D'ailleurs, qui me disait que ces plans m'étaient favorables ? Connaissant Noëlle, rien n'était moins sûr.

Maison Ketlar

Lorsque j'arrivai à Ketlar, ce soir-là, Thomas me fit traverser la salle commune et emprunter le couloir menant à sa chambre. Il ouvrit sa porte et m'invita à entrer. Depuis le seuil, je vis deux lits couverts de dessus-de-lit sombres. Une moitié de la pièce était dans un désordre indescriptible ; un chevalet était dressé dans un coin et du matériel de peinture éparpillé un peu partout. L'autre moitié était d'une netteté presque inquiétante et contenait un nombre incroyable d'appareils électroniques qui luisaient et bruissaient dans la pénombre. La seule lumière provenait d'une petite lampe de bureau verte.

– Que fait-on ? demandai-je avec un mélange d'appréhension et d'excitation.

– Entre, me suggéra Thomas.

J'hésitai à braver l'interdiction.

– Entre, insista Thomas sur un ton plus ferme.

Je franchis le seuil, l'estomac noué. Thomas m'emboîta le pas et referma la porte. Et voilà ! J'étais seule avec un garçon dans sa chambre, derrière une porte close.

– Que fait-on ? répétai-je.

Il me prit la main et la couvrit de baisers.

– Je suis désolé d'avoir manqué notre rendez-vous, tout à l'heure. Je t'ai demandé de venir pour me faire pardonner...

Mon cœur fit un bond et je me détournai brusquement. Il ne m'avait tout de même pas attirée ici pour qu'on se fasse un câlin. Dans sa chambre ! On pouvait être renvoyé pour ce genre de folie ! Pour gagner du temps, je pris son portable sur son bureau :

– Alors, tu l'as retrouvé. Où était-il ?

Au même instant, une sonnerie retentit, ailleurs. Je regardai du côté de Josh, avant de voir Thomas sortir un autre téléphone de sa poche.

– Donne-moi une seconde..., me lança-t-il.

Il ouvrit le rabat d'un geste vif et me tourna le dos :

– Pearson, j'écoute.

Je fixai le portable que j'avais dans la main. Ainsi, Thomas possédait deux portables. N'était-il pas suffisant d'en avoir un ? Si on l'a toujours sur soi, à quoi bon en avoir un second ?

– Non. Ouais. Parfait, dit Thomas. J'y serai.

Il referma le téléphone et le rangea dans la poche de sa veste en daim, accrochée à la porte de sa penderie.

– Désolé, me dit-il en soupirant. C'était Lawrence et Trina.

Je haussai les sourcils.

– Mes parents, ajouta Thomas. Ils sont les seuls à avoir ce numéro.

– Ah... Pourquoi ?

– Ce sont eux qui paient la facture. C'est pour ça que je flippais de l'avoir perdu. Il fallait que j'en active un nouveau avant qu'ils ne s'en aperçoivent. Déjà qu'ils passent leur temps à me traiter d'irresponsable...

Ah. C'était donc le téléphone parental qu'il avait égaré...

Il me reprit délicatement l'autre des mains et le reposa sur le bureau.

– Je ne veux pas que mes parents puissent m'espionner en épluchant mes factures, dit-il en me regardant dans les yeux. C'est plus simple comme ça.

J'étais triste pour lui : penser qu'il se donnait tant de mal pour mettre de la distance entre ses parents et lui était déprimant. Surtout qu'il vivait sans doute à des centaines de kilomètres de chez lui pour la même raison.

– Tu t'es décidé pour le week-end des parents ? lui demandai-je.

Il prit son temps avant de répondre :

– Non. Et toi ?

Mon cœur saignait chaque fois que je pensais à mon père. Papa m'avait parlé de leur visite les deux fois où je l'avais rappelé depuis que nous avions évoqué le sujet. Ils avaient reçu une invitation, me disait-il, et se réjouissaient à l'idée de venir. J'avais du mal à croire que ma mère puisse se réjouir de quoi que ce soit, et encore moins quand ça me concernait. Malgré tout, j'éprouvais une affreuse culpabilité chaque fois que j'envisageais de demander à papa qu'ils renoncent à leur visite.

– Non, avouai-je.

– Tu sais, je n'ai pas très envie d'en parler, me dit Thomas d'une voix douce. Je t'ai demandé de venir parce que je sais que tu as eu une longue journée. Je voulais t'aider à te détendre.

Il sourit et s'avança vers moi. Il me retira lentement ma veste et la laissa tomber au sol, puis il posa ses mains sur mes épaules. Il effleura ensuite mon cou de ses lèvres. Mes yeux papillonnèrent et se fermèrent, tandis qu'une vague de désir m'envahissait. C'était comme si l'interdit décuplait mon plaisir.

Thomas me tapota l'épaule. Je me tournai vers lui. Nos lèvres se rencontrèrent alors, et nous échangeâmes un long baiser passionné. Me sentant chanceler, j'agrippai le tissu de sa chemise, dans son dos. J'avais les nerfs à fleur de peau et je tremblais d'excitation et de curiosité mêlées. Malgré cela, je n'avais qu'une envie : continuer à le toucher, sentir sa peau contre la mienne. Il m'attira encore plus près et me serra dans ses bras. Soudain, j'entendis un bruit dans le couloir et je m'écartai, l'oreille aux aguets.

– Ne t'inquiète pas, chuchota Thomas. Personne ne va venir. Je te le promets.

– Comment le sais-tu ? insistai-je, le cœur battant.

– J'ai posté des sentinelles...

Sur ces mots, il m'entraîna vers son lit sans cesser de m'embrasser. Ses baisers devenaient pressants, presque violents. Je devinai ce qu'il voulait, pourquoi il m'avait fait venir.

Il glissa les mains sous ma chemise, et mon souffle se fit court. Pourtant, à ma grande surprise, ses paumes s'immobilisèrent sur mon ventre. Il se recula et me regarda dans les yeux.

– Je t'aime, tu sais...

Je fus tellement stupéfaite que j'eus du mal à ne pas rire.

– Tu n'es pas obligé de me dire ça, tu sais...

Une étincelle de colère passa dans son regard.

– Je me mens pas. Je t'aime. Je ne ferais pas ça, autrement.

« Ouais, mettons. »

Puis je vis à ses yeux qu'il était sincère et je me reprochai mes pensées déloyales. Bon... Voulait-il m'entendre dire que je l'aimais, moi aussi ? Est-ce que je l'aimais, d'ailleurs ? Je n'en avais pas la moindre idée. Devais-je le lui avouer ? Se fâcherait-il si je me taisais ?

– Je...

– Ne dis rien, me coupa Thomas. Peu importe. Je veux juste être avec toi.

Ma gorge se serra. À ce moment-là, j'eus une certitude. Je sus que j'allais lui donner ce qu'il désirait. Que j'allais tout lui donner.

– D'accord, murmurai-je.

Il sourit, me fit basculer doucement en arrière sur son lit et m'embrassa de nouveau.

Un cadeau

Et voilà. Ma virginité n'était plus. Je l'avais perdue. Donnée. En montant la colline pour me rendre à l'entraînement de foot, le lendemain, j'essayai de me faire à cette idée. D'analyser mes sentiments. Je n'aurais jamais cru que j'étais du genre à laisser les choses se faire sans y avoir vraiment réfléchi, sans en avoir discuté au préalable, sans avoir arrêté ma décision. Pourtant, c'était ce qui s'était passé : je m'étais laissé porter par les événements et j'avais pris ma décision à chaud. En un sens, j'étais assez fière d'avoir fait preuve d'une telle audace. D'un autre côté, agir à la légère comme je l'avais fait sur un sujet aussi grave n'était pas un signe d'intelligence.

Malgré tout, chaque fois que je pensais aux mains de Thomas, à ses baisers, à son odeur, je souriais aux anges et je brûlais d'envie de me retrouver seule avec lui, dans la pénombre de sa chambre. Il ne m'en fallait pas davantage pour m'affranchir de mes doutes. J'avais fait l'amour avec Thomas. Il était le premier. De toute façon, je ne pouvais pas revenir en arrière. Était-ce si grave ?

Bien sûr, j'avais des milliers de choses à prendre en considération, maintenant. La contraception, par exemple. Devais-je transporter des préservatifs sur moi ? Dans mon sac ? Et où s'en procurait-on dans un endroit comme Easton ?

– Qu'est-ce qui te tracasse, Lèche-vitres ? me lança Noëlle en pressant le pas pour me rattraper.

Je sursautai, prise sur le fait. Une réponse, vite !

– Le week-end des parents.

Noëlle rit :

– C'est Thomas qui déteint sur toi ?

Je rougis en pensant à la chambre de Thomas. À son corps. À sa peau contre la mienne.

– Non, ce n'est pas ça.

Je regardai en haut de la colline. Nos coéquipières étaient à une bonne dizaine de mètres devant nous ; elles bavardaient et riaient.

– Ça n'a rien à voir avec lui. Moi non plus, je n'ai pas très envie d'accueillir mes parents ici.

– Oh... On a des ennuis à la maison ? se moqua-t-elle en avançant la lèvre inférieure, singeant un enfant au bord des larmes.

– Merci ! fis-je, avec un peu plus d'agressivité que prévu.

Les yeux de Noëlle trahirent sa surprise.

– Écoute, si tu ne veux pas voir tes parents, tu n'es pas obligée de les faire venir, dit-elle. C'est ta vie. Tu ne leur dois rien.

Là, elle se trompait : je devais tout à mon père, au contraire. Hélas, je savais qu'il ne viendrait jamais sans ma mère. Il s'obstinait à faire comme si nous étions une famille normale. J'étais certaine que maman pesterait à cause des dépenses engagées pour le voyage et ronchonnerait pendant tout le trajet en voiture ; cependant, ce n'était rien comparé à la scène qu'elle ferait à papa s'il essayait de la laisser à la maison. Tout cela, alors qu'au fond elle n'avait pas envie de venir. La psychose de ma mère était insondable.

– C'est juste que je ne sais pas comment lui annoncer...

J'avais réfléchi à voix haute. Je rougis lorsque je m'en aperçus. Noëlle me regardait avec un intérêt renouvelé.

– Bah, qu'importe, conclus-je.

Je n'étais pas prête à partager mes secrets avec elle.

Quand nous atteignîmes le stade, nos coéquipières étaient déjà en train de s'échauffer. Noëlle lâcha son sac à ses pieds pour réunir ses épais cheveux dans une queue de cheval.

– Si tu veux, je viendrai te soutenir quand tu leur passeras le coup de fil fatidique, me proposa-t-elle. Je suis assez douée pour pousser les gens dans leurs retranchements.

Mon incrédulité dut se lire sur mon visage, car elle eut un petit sourire narquois.

– Ne me remercie pas. Si on ne peut pas s'entraider, entre filles de familles qui craignent, où allons-nous ?

Je souris. J'ignorais ce qu'elle reprochait à sa famille, mais savoir que tout n'était pas rose chez elle non plus me réconfortait. Si elle commençait à me confier de petites choses sur elle, je pourrais peut-être un jour me livrer, moi aussi.

– Oh, j'allais oublier...

Noëlle s'agenouilla pour fouiller dans la poche latérale de son sac. Elle en sortit un minuscule téléphone portable bleu, qu'elle me présenta dans sa paume :

– Tiens. C'est pour toi.

– Quoi ?

Je pris le téléphone et lus sur l'écran : « téléphone de lèche-vitres ».

Personne ne m'avait jamais rien offert d'aussi coûteux, d'aussi extravagant. J'en oubliai presque qu'elle avait écrit « Lèche-vitres » plutôt que Reed.

– Tu plaisantes ? dis-je.

– Est-je que j'en ai l'air ?

Je n'en croyais pas mes yeux

– Je ne peux pas accepter...

– Tu as déjà accepté, fit-elle en haussant les épaules.

– Mais, et la...

– La facture ? C'est mon affaire. Je ne fais pas de cadeaux qui obligent les gens à payer ensuite.

– Noëlle...

Elle se releva et récupéra son sac.

– Dis-toi que c'est le seul moyen qu'on a de te joindre n'importe quand..., lâcha-t-elle en reculant vers le terrain.

Je clignai des yeux. Mon mauvais pressentiment était de retour. Est-ce que ce cadeau faisait partie du plan que Noëlle avait échafaudé à mon sujet ? Celui que Taylor avait été si près de dévoiler ?

– Qu'est-ce que tu veux dire ?

– Qui sait ? On pourrait avoir une urgence de léchage de vitres ? lança-t-elle pour me taquiner.

– Lange ! Brennan ! Ramenez-vous par ici ! cria le coach en nous faisant de grands signes.

Noëlle me sourit, puis fit demi-tour et s'éloigna vers le terrain de son éternel pas décontracté.

Colère

Quand Noëlle arriva dans ma chambre ce soir-là, elle passa dix bonnes minutes à regarder autour d'elle sans complexe, soulevant des livres, étudiant les affiches, louchant sur les photos... Je n'aurais pas été étonnée qu'elle se mette à ouvrir des tiroirs, et je l'aurais probablement laissée faire. La seule pensée qui m'occupait, c'était de savoir si elle appréciait ce qu'elle voyait. Elle finit par s'asseoir sur le lit de Constance et me lança, en guise d'encouragement :

– Bon, allons-y.

Je hochai la tête et m'installai en face d'elle, le portable dans ma paume moite. J'eus un mal fou à composer le numéro sur les petits boutons. Mon père répondit à la seconde sonnerie, d'un ton anxieux et empressé. Il était toujours ainsi quand il décrochait le téléphone.

– Reed ! Salut, ma chérie !

Sa voix avait changé du tout au tout, et la culpabilité m'envahit. Il paraissait si heureux de m'entendre. Je jetai un coup d'œil implorant à Noëlle, qui fronça les sourcils en retour.

– Que me vaut le plaisir ? demanda-t-il.

– Euh... Je voulais te parler du week-end des parents...

J'allais mourir tant j'avais mal au ventre. Sérieux ! J'étais au supplice. Je m'agrippai à mon couvre-lit.

– Ta mère et moi avons hâte de venir, me dit-il.

« Oh, non ! Tais-toi, je t'en prie ! »

– Dis-le-lui ! me chuchota Noëlle en me donnant un petit coup de pied dans la jambe.

Je la fusillai du regard, puis je m'en voulus. Si je n'avais pas été à bout de nerfs, je ne me serais jamais mise dans une situation pareille. Noëlle fronça davantage les sourcils.

– C'est justement pour ça que je t'appelle, dis-je.

Je fermai les paupières avant de lâcher les mots fatidiques :

– Je pense que vous ne devriez pas venir.

Un rire. Puis un silence.

– Quoi ? Pourquoi ?

Malgré ma culpabilité, je levai les yeux au ciel.

– Tu sais très bien pourquoi, papa.

– Reed, ta mère veut venir. Elle s'est même acheté un tailleur neuf pour l'occasion.

Ma gorge se serra. Le tailleur, ce n'était pas en mon honneur. Je la connaissais trop bien. Elle voulait que les autres parents la trouvent élégante, mais sa vraie nature l'emporterait fatalement sur son apparence. C'était impossible qu'elle reparte à la fin du week-end sans avoir montré son vrai visage – sans avoir vomi sa méchanceté sur moi. Me le rappeler était le seul carburant dont j'avais besoin pour continuer.

– Peu importe, papa. Je ne veux pas la voir ici.

– Écoute, Reed...

– J'ai pris ma décision, dis-je, ce qui me valut un hochement de tête approbateur de Noëlle. Elle va tout gâcher. Tu le sais aussi bien que moi. Pense à tout l'argent que ça vous fera économiser...

Je lorgnai vers Noëlle et notai qu'elle n'en perdait pas une miette. Je lui avais montré mes cartes. Plus moyen de reculer.

– Voyons, Reed, tu sais bien que ce n'est pas une question d'argent, protesta mon père. S'il te plaît...

– Je suis désolée, papa, dis-je, au bord des larmes. Je ne veux pas que vous veniez et je ne changerai pas d'avis.

Il y eut un long silence. J'imaginai mon père dans la cuisine, s'asseyant à la table et restant là, le dos voûté et les mains cachant son visage. Il s'en fallait de peu que je n'éclate en sanglots.

– Qu'est-ce que je vais dire à ta mère ? me demanda-t-il enfin. Elle souffre déjà tellement...

Et voilà, c'était reparti ! Fallait-il vraiment que tout se ramène toujours à ça : à ce qu'elle ressentait, à la façon dont elle réagirait. À notre culpabilité quand nous la décevions. J'en étais malade. Je ne supportais plus de vivre dans la crainte de cette femme, qui parvenait même à faire trembler mon père.

– Dis-lui de m'appeler, lui proposai-je avec brusquerie.

– Reed. Je me réjouissais tant de venir... De te voir.

Ma gorge se serra et, une fois de plus, je regrettai que papa ne soit pas seul. Cela m'aurait facilité la vie. Peut-être y avait-il un moyen de le faire venir sans elle...

Je me sentis près de flancher et je regardai Noëlle du coin de l'œil.

– Ne cède pas, gronda-t-elle entre ses dents.

Cet encouragement me suffit : je ne pouvais pas m'effondrer devant elle.

– Je suis désolée, papa. Ce n'est pas possible.

– J'aurais aimé que tu aies moins de colère en toi, dit-il, triste et résigné.

« Si tu avais grandi dans cet environnement, toi non plus, tu n'aurais pas la tête pleine d'arcs-en-ciel et de licornes... »

– Ouais, moi aussi.

Noëlle semblait avoir perdu le fil de notre conversation. J'inspirai profondément. Cela avait assez duré. Il fallait que je raccroche. Que je me libère les mains pour frapper sur quelque chose.

– Je dois te quitter, papa, c'est l'heure du dîner.

– D'accord, Reed. Si tu changes d'avis…, dit-il, plein d'un espoir qui me fit mal.

– Entendu, papa. Je te rappelle bientôt.

Je coupai la communication sans même lui laisser le temps de me dire au revoir.

– Belle performance, Lèche-vitres ! apprécia Noëlle en me tapotant l'épaule.

– Tu voudrais bien arrêter de m'appeler comme ça ? lâchai-je.

Un éclair de surprise et de colère passa sur son visage. Une seconde, je crus qu'elle allait exploser. Mais elle sourit :

– Eh bien, voilà. Il suffisait de demander…

Changement de programme

Je quittai Noëlle peu avant le dîner et partis à la recherche de Thomas, espérant le voir avant que tout le monde se retrouve à la cafétéria. Ma conversation avec mon père m'avait laissée en proie à des émotions contradictoires : je me sentais à la fois fière de moi, coupable, libre et malheureuse. J'avais envie de rire, et aussitôt d'éclater en sanglots. Mais, surtout, j'avais besoin de parler à Thomas, convaincue qu'il me comprendrait.

Le temps avait changé, comme pour s'accorder à mon humeur. Un léger crachin tombait depuis que nous étions sorties de Bradwell, et un vent froid soufflait dans les allées. Je fermai soigneusement ma veste en jean en approchant de la cafétéria. L'automne était là, cela ne faisait plus de doute. Des élèves me dépassèrent en trombe, se précipitant pour entrer dans le bâtiment avant que le ciel ne leur tombe sur la tête. J'aperçus Thomas debout devant la double porte et je me sentis aussitôt soulagée. Il était comme toujours entouré d'élèves, certains que je connaissais et d'autres que j'avais juste croisés. Contrairement à mon impression du début, Easton était assez petit, et j'avais fini par identifier à peu près tous les élèves. Lorsqu'il me vit, Thomas lança quelques mots à son entourage, qui se dispersa. J'avais parfois l'impression que je ne sortais pas seulement avec le plus beau mec du lycée, mais aussi avec le plus puissant. Chacun semblait l'écouter et lui obéir.

– Salut, fit-il en m'enveloppant dans ses bras.

Je m'abandonnai contre lui, respirant son odeur. C'était divin.

– Salut, répondis-je. Ça y est, je l'ai fait !

– Tu as fait quoi ?

Il se recula pour me regarder dans les yeux.

– J'ai dit à mes parents de ne pas venir.

Le simple fait de prononcer ces mots me fit mal.

La physionomie de Thomas s'illumina et, pour la première fois, je vis à quoi il avait dû ressembler étant enfant. Il avait l'air d'un petit garçon qui venait de recevoir un vélo tout neuf. Enfin, dans le cas de Thomas, peut-être un hélicoptère !

– C'est génial ! dit-il. Comme ça, tu vas pouvoir déjeuner avec mes parents et moi…

Je le regardai, désarçonnée.

– Depuis quand es-tu ravi de déjeuner avec tes parents ?

Au fond de moi, je m'étais dit que, si j'avais tenu tête à mon père, il serait peut-être capable d'en faire autant. Apparemment, il n'avait même pas envisagé cette solution.

– Depuis que tu es libre, répondit-il, retrouvant son attitude nonchalante. Ils meurent d'envie de te rencontrer. Et, quand ils meurent d'envie de rencontrer quelqu'un, ils font en général des efforts pour bien se tenir.

Plusieurs filles de mon dortoir nous dépassèrent en parlant fort et entrèrent dans la cafétéria.

– Ils meurent d'envie de me voir ? répétai-je, incrédule.

– Je leur ai parlé de toi et ils ont été ravis d'apprendre que j'avais une petite amie. Le moindre signe de stabilité dans ma vie les plonge dans l'extase.

– Sans blague ! Alors, tu n'avais encore jamais eu de petite amie ? le taquinai-je.

– Aucune assez sérieuse pour que je la leur présente.

Je rougis de plaisir. Il passa ses bras autour de ma taille et m'attira à lui.

– Allez, viens, s'il te plaît ! Avec toi, les choses me paraîtront tellement plus faciles.

J'étais flattée. Flattée et heureuse. Thomas voulait que je rencontre ses parents. Il me suppliait presque. Toute la culpabilité que j'éprouvais à l'égard de ma propre famille disparut comme par enchantement. Noëlle avait raison : c'était ma vie.

– D’accord, dis-je enfin.

– Vraiment ?

– Oui, vraiment ! fis-je avec un sourire taquin. Compte sur moi. Je meurs d’impatience de faire la connaissance de Lawrence et Trina.

Nouvelle mission

Je somnolais lorsque mon téléphone bipa. Je sursautai, m'assis dans mon lit et jetai un coup d'œil sur les chiffres rouges du réveil de Constance. Minuit une. Qui pouvait bien m'envoyer un texto à une heure pareille ?

Le portable bipa une nouvelle fois, et je me précipitai sur mon sac. Tout en tâtonnant pour récupérer le téléphone, je surveillai Constance. Elle n'avait même pas tressailli, et sa poitrine montait et descendait à un rythme régulier. Un sommeil aussi profond avait quelque chose d'inquiétant, mais il faisait bien mon affaire.

L'écran de mon portable était allumé et un message s'y affichait : « rdv derriere billings. tu as 3 minutes ».

Visiblement, les filles Billings n'avaient pas renoncé à faire de moi leur esclave.

Sans prendre le temps de réfléchir, je me levai d'un bond, enfilai un pull par-dessus mon pyjama et glissai mes pieds nus dans mes baskets. Je sortis de la chambre en catimini, mais, en dépit de mes efforts, je me sentais bruyante, maladroite. Je renonçai à utiliser l'ascenseur, qui faisait un bruit d'enfer et s'ouvrait juste devant la chambre de Mlle Ling, au rez-de-chaussée, et descendis à pied les cinq étages. Je m'armai de courage pour traverser le hall sur la pointe des pieds, craignant à chaque instant de déclencher une alarme et de voir surgir Mlle Ling. Par bonheur, rien de tout cela ne se produisit, et je me faufilai dehors, retenant la lourde porte d'entrée du bâtiment Bradwell jusqu'à ce qu'elle se ferme enfin avec un clic.

« Ouf ! »

Dehors, l'air était glacial et le ciel, d'un noir d'encre, sans lune ni étoiles. Je trébuchai à deux reprises dans l'allée menant à Billings et priai pour que les filles ne soient pas en train de m'observer. Dix secondes plus tard, j'atteignais l'arrière de leur bâtiment, où elles m'attendaient toutes les quatre : Noëlle, Ariana, Kiran et Taylor. Je m'arrêtai et tâchai de retrouver une respiration normale.

– Tu as failli être en retard, dit Kiran en pinçant ses lèvres brillantes.

– Désolée.

– On voudrait que tu fasses quelque chose pour nous, m'annonça Noëlle.

« Pas possible ! Et moi qui croyais que vous vouliez me remettre la médaille du mérite... »

– Quoi ?

– Ariana a un contrôle de physique demain, commença Taylor. Il faut que tu lui trouves l'énoncé.

– Je n'ai pas eu le temps de réviser, expliqua Ariana d'un ton joyeux.

– Et moi, je n'ai pas eu le temps de la faire travailler, ajouta Taylor.

Je la dévisageai, incrédule. Était-ce la même fille qui m'avait aidée si généreusement à faire mon travail ? Dire que je l'avais trouvée gentille, normale... Pourtant, elle était là avec les autres, à me regarder de haut et à me demander de... de quoi, d'ailleurs ? D'entrer par effraction dans le bureau d'un professeur ?

– Ne prends pas cet air affolé, dit Noëlle. Le bureau de Dramble est au rez-de-chaussée de Hell Hall. C'est du gâteau.

– Si c'est du gâteau, pourquoi ne le faites-vous pas vous-mêmes ? me renseignai-je.

Je regrettai aussitôt mes paroles.

– Pardon ? fit Kiran en plissant le front.

– Je pensais que tu serais partante pour m'aider, mais si tu préfères que j'aie une mauvaise note..., murmura Ariana, jouant les martyres.

– Non, c'est bon, grognai-je, la gorge sèche. Comment dois-je faire ?

– Tu es une fille intelligente, me dit Noëlle en me tapotant l'épaule. Tu vas bien trouver un moyen...

Elles n'allaient même pas me donner un indice ? Quelle bande de pestes !

– Allez, vas-y, me commanda Noëlle. Si tu n'es pas de retour dans un quart d'heure, on sera forcées de prévenir la sécurité.

Je lus dans ses yeux qu'elle ne plaisantait pas.

– Vas-y, répéta-t-elle.

Je réfléchis à ce qu'elles me demandaient de faire et à ce qui arriverait si j'étais prise sur le fait. Je songeai à ma vie à Croton et à ma vie ici. Tout ce que j'avais toujours voulu était aujourd'hui à ma portée, et le resterait tant que je serais en relation avec les filles Billings.

Je pris ma décision en moins de deux secondes, fis demi-tour et partis en courant.

Criminelle

Une lumière orange et tremblotante éclairait l'entrée de Hell Hall, fermée par une lourde porte vitrée au verre dépoli. Je regardai autour de moi pour m'assurer que les lieux étaient déserts et montai deux à deux les marches du perron, espérant un miracle. Hélas, lorsque j'actionnai la poignée de fer forgé, je dus me rendre à l'évidence : la chance n'était pas de mon côté. La porte était fermée à double tour.

– Et merde ! dis-je à mi-voix.

Je redescendis les marches et me glissai dans les ténèbres sur le côté du bâtiment. Je m'y sentis plus en sécurité : au moins, je n'étais pas à découvert. Cependant, en inspectant les murs de pierre glacée, j'eus la confirmation que ma tâche ne serait pas aisée. Les fenêtres du rez-de-chaussée étaient situées bien au-dessus de ma tête. Je me faufilai entre deux touffes d'azalées et me hissai sur la pointe des pieds pour atteindre la fenêtre la plus proche, dont je parvins à peine à agripper l'appui du bout des doigts. Même si, par miracle, l'une d'elles était restée ouverte, jamais je ne parviendrais à m'y hisser.

Comment pouvait-on prétendre que cette mission était « du gâteau ». Elle était impossible, au contraire !

Je consultai ma montre. Quatre minutes s'étaient déjà écoulées depuis que j'avais quitté les filles Billings. Allaient-elles vraiment alerter la sécurité ? Si oui, je serais renvoyée à coup sûr. C'étaient peut-être les derniers moments que je passais à Easton...

Non ! Il y avait forcément un autre moyen, il suffisait que je le trouve. Une fois entrée, il ne me resterait plus qu'à me faufiler dans le bâtiment, identifier le bureau de Dramble dans le noir, et...

« Je ferais mieux d'aller me recoucher... », me dis-je soudain, découragée.

Je fis un pas de côté et trébuchai sur un robinet à demi enfoui dans la terre. En me rattrapant au mur, je m'écorchai la main et grimaçai de douleur. J'allais me relever tant bien que mal quand je remarquai un soupirail, au ras du sol. Il mesurait environ quarante-cinq centimètres de haut sur un mètre vingt de large et semblait composé de deux pans coulissants. J'eus un sursaut d'espoir. Les fenêtres du sous-sol ! Bien sûr ! C'était le passage qu'avaient emprunté Kiran et son ami de Glauque, le jour où je les avais surpris. Apparemment, c'était le maillon faible d'Easton. Je devais être la seule personne sur tout le campus à l'ignorer.

Je m'allongeai dans la poussière et rampai sous le buisson pour atteindre la fenêtre. Oubliant les branches qui m'égratignaient le visage, je posai une main à plat sur la vitre, murmurai une courte prière et tentai de faire coulisser le panneau. Peine perdue. Je gémis et essayai de nouveau. Rien ! Au désespoir, je plantai mes ongles entre le bord de la vitre et le cadre de la fenêtre avant de tirer de toutes mes forces en retenant ma respiration.

Quelques secondes plus tard, après m'être presque arraché trois ongles, je renonçai. La douleur était atroce.

« Envoie-les balader avec leur interro ! pensai-je. Laisse Ariana se planter. Ainsi, elle saura ce que c'est que d'échouer. »

Mais, en réalité, j'étais incapable de les laisser tomber. Je me massai les doigts et refoulai mes larmes. Il y avait une autre fenêtre un mètre plus loin. Je m'en approchai, pressai la main contre la vitre, retins ma respiration, fermai les yeux et poussai. Elle coulissa !

« Sauvée ! »

Je passai la tête dans ce qui devait être un débarras, au sous-sol. Il y faisait frais et humide. Dans la pénombre, je devinai des bureaux et des chaises empilés contre les murs, dont un grand bureau métallique, juste sous la fenêtre. Je ressortis la tête et me tournai pour franchir le soupirail les pieds les premiers. Le rail de métal me cisailla les jambes, puis le ventre, mais ne suffit pas à me faire renoncer. Je restai suspendue en l'air quelques secondes avant de me laisser tomber sur le bureau. Je me réceptionnai avec un « bang » à réveiller les morts et fermai les yeux, près d'éclater en sanglots. C'était impossible que personne ne m'ait entendue.

Il était évident que je n'avais pas l'étoffe d'une criminelle, mais qu'importe : l'essentiel était de ne pas flancher. Le bureau de M. Dramble était quelque part au rez-de-chaussée. Je devais le trouver, mettre la main sur l'énoncé du contrôle, sortir de ce piège à rats et retourner à Billings.

Je me ruai sur la porte et l'ouvris sans même m'assurer que la voie était libre. S'il y avait quelqu'un dans le bâtiment, mon entrée fracassante l'aurait alerté et il serait en chemin. Perdu pour perdu, autant m'approcher le plus possible du but.

Je trouvai la cage d'escalier au fond du bâtiment et montai les marches quatre à quatre jusqu'au rez-de-chaussée. La seule lumière provenait d'un panneau de sortie rouge qui donnait aux murs une teinte sanglante. Je courus d'une porte à l'autre, lisant les noms sur les plaques de cuivre : *Mlle Johnson. M. Carter. M. Cross*. Enfin, au bout du couloir, je trouvai celle que je cherchais : *M. Dramble*.

Je tournai la poignée et, miracle, la porte s'ouvrit ! Peut-être que, comme les dortoirs, les bureaux des professeurs restaient ouverts en permanence. Après tout, un code de l'honneur était en vigueur dans cet établissement. L'administration le jugeait sans doute suffisant pour empêcher les gens comme moi de pénétrer n'importe où.

J'entrai dans la pièce et, après m'être cogné le pied dans une chaise, je finis par arriver à tâtons près du bureau. Lorsque mes yeux furent accoutumés à l'obscurité, encore plus dense que dans le couloir, je trouvai une lampe et l'allumai. C'était dangereux, mais mon environnement m'était complètement étranger et j'avais besoin de lumière si je ne voulais pas casser quelque chose, ou me blesser. L'ordinateur de Dramble était installé sur un petit chariot près de son bureau. Je pressai sur *on* et attendis qu'il s'allume. Le système d'exploitation mit un temps infini à se lancer et je regrettai de ne pas avoir pris ma montre en sortant de ma chambre. J'ignorais depuis combien de temps j'étais ici. Cinq minutes ? Dix ? J'avais l'impression que cela faisait plutôt cinq heures.

Le bureau apparut enfin, orné d'une photo de chien. Plusieurs icônes de dossiers étaient alignées sur la droite, et l'une d'elles portait la mention *physique terminale*.

Les mains tremblantes, je saisis la souris et cliquai deux fois sur le dossier en question. Il contenait une bonne vingtaine de fichiers nommés *Quiz_9_21*, *Quiz_9_28*, *exam 1*, *exam 2*, et ainsi de suite. De quel examen s'agissait-il ? En avaient-ils déjà passé un, ou était-ce le premier ? Zut ! J'allais devoir en imprimer plusieurs.

J'ouvris les quatre premiers fichiers *exam* et les transmis à l'imprimante. Quand elle se mit enfin en marche en crachotant, j'eus envie de rentrer sous terre. Elle était ancienne et aussi bruyante qu'un marteau-piqueur. Lorsqu'elle commença à imprimer, au rythme approximatif d'une page à l'heure, je versai une larme de désespoir.

Chaque fois qu'une page était imprimée, je l'arrachais à la machine, fébrile. Je trépignais. La dernière page sortie, je me penchai vers l'ordinateur pour l'éteindre. Puis, sans savoir si j'avais déjà la sécurité aux trousses, ou si les filles Billings m'avaient accordé un sursis, je déguerpis.

Je m'arrêtai une milliseconde dans le couloir pour écouter d'éventuels bruits de pas, mais n'en entendis aucun.

Peut-être que la chance était de mon côté, finalement...

Sachant que jamais je ne pourrais escalader le mur de la cave et repasser par le minuscule soupirail, je me dirigeai vers la porte. Je fonçai dans le couloir comme si j'avais le diable aux trousses, pris un virage serré et traversai le hall d'entrée à toutes jambes. J'allais ouvrir la porte quand, soudain, mes jambes cessèrent de m'obéir et je m'écroulai au sol, terrifiée.

Il y avait un visage derrière la vitre.

Invitation

J'entendis un gloussement et je levai les yeux. Noëlle était de l'autre côté de la vitre.

– Reed-Bren-nan, sors-de-là, chantonna-t-elle.

Tremblante, je me redressai et titubai jusqu'à la porte en jurant entre mes dents. Noëlle, Ariana, Kiran et Taylor s'écartèrent pour me laisser sortir. Le verre avait déformé le visage de Noëlle, mais, si je n'avais pas été gagnée par la panique, je l'aurais reconnue. Au lieu de cela, je m'étais effondrée devant elle et ridiculisée.

Elle me prit par la main et m'entraîna à couvert en riant. Les trois autres nous emboîtèrent le pas. Je bouillais de colère.

– Si tu t'étais vue ! chuchota joyeusement Noëlle lorsque nous fûmes à une distance respectable de tous les bâtiments abritant des adultes.

– Je regrette d'avoir manqué ça ! fis-je, sarcastique.

J'agitai les énoncés de Dramble sous le nez d'Ariana.

– Tiens. Amuse-toi bien !

– Oh ! Elle est fâchée ! se moqua Kiran.

– Calme-toi, Reed ! C'était juste une plaisanterie, dit Taylor.

– Super ! Très drôle. Je peux aller me coucher, maintenant ?

Noëlle se tut et ses yeux s'assombrirent.

– Si tu continues à faire la gueule, tu n'auras pas la récompense qu'on a prévue pour toi.

J'eus un hoquet de surprise.

– Quoi ? De quoi tu parles ?

– Eh bien, on avait décidé de t'inviter demain si tu remplissais ta mission, déclara Kiran. Mais si cela ne t'intéresse pas...

« M'inviter ? À Billings ? Me faire entrer dans leur sanctuaire ? »

– Si, si, ça m'intéresse !

– C'est bien ce que je pensais, fit Noëlle.

– Parfait, approuva Ariana avec un petit sourire. Dans ce cas, Kiran viendra te chercher.

Tout le stress, toute la peur et la colère que j'avais éprouvés disparurent en un éclair, et ma poitrine se gonfla d'espoir. Elles m'invitaient. Elles m'invitaient enfin !

– Tiens, je te rends ça, me dit Ariana en me donnant le test. Je n'ai même pas de cours de physique...

Sur ces mots, elles s'éloignèrent ensemble en riant, me laissant seule et consternée au milieu du campus.

Essayages

Le lendemain, je suivis Kiran jusqu'à la maison Billings, en proie à une véritable jubilation. En arrivant au pied du bâtiment, je levai les yeux vers les fenêtres et fus presque prise de vertige. J'allais enfin voir ce qui se cachait derrière ces murs ! J'avais l'impression d'être admise au sein d'une société secrète. Serais-je accueillie par des filles en robe blanche et contrainte de signer un document avec mon sang ? Me ferait-on jurer de ne jamais répéter ce que je verrais ? Cela ne m'aurait guère étonnée, après les événements de la nuit passée.

Kiran s'arrêta sur le seuil et haussa un sourcil :

– Prête ?

J'acquiesçai et elle poussa la porte. Je la suivis dans le hall d'entrée, m'efforçant de masquer mon appréhension et de ne pas paraître trop intimidée.

– Voilà, on y est ! dit-elle. Home, sweet home.

– C'est joli…, fis-je, faute d'avoir trouvé quelque chose de plus intelligent à dire.

Le hall de Billings était vaste, mais chaleureux avec ses hauts plafonds aux poutres apparentes. Une cheminée de pierre occupait un mur et le sol en parquet était couvert d'un splendide tapis tissé main. Des photographies d'anciennes pensionnaires de Billings ornaient les murs. Je reconnus plusieurs femmes politiques, une célèbre présentatrice de télévision et au moins deux romancières connues. Je les aurais toutes étudiées de plus près, si je n'avais craint de paraître trop curieuse.

L'étage était accueillant lui aussi, avec ses tapis moelleux, ses murs ornés d'appliques en bronze et de photographies artistiques du parc d'Easton. De la musique s'échappait d'une chambre. Kiran m'invita à entrer dans celle qu'elle partageait avec Taylor. Celle-ci était allongée à l'envers sur son lit et lisait un roman à l'eau de rose, la tête en bas.

– Salut, Reed ! dit-elle en se relevant brusquement.

Elle ferma les yeux pour lutter contre un léger vertige et me sourit.

– Ça t'arrive de réviser ? lui demandai-je.

– Elle n'en a pas besoin. Elle récolte les A comme d'autres récupèrent leurs e-mails, dit Kiran en balançant son sac sur son lit. C'est assez énervant, d'ailleurs.

Leur chambre était immense. Le lit de Kiran, drapé de soie violette, était situé près de la baie vitrée. Celui de Taylor, au couvre-lit rouge et rose, était de l'autre côté de la pièce, et l'espace qui les séparait était aussi vaste qu'une piste de danse. Elles avaient également leur propre cheminée, dans laquelle elles avaient disposé une dizaine de bougies blanches de toutes formes et de toutes tailles. Leurs bureaux et leurs penderies étaient deux fois plus grands que ceux que nous avions à Bradwell.

– Ce n'est pas ma faute si j'ai hérité d'une mémoire photographique, se défendit Taylor. Tu sais quel pourcentage de la population a une mémoire photographique, Reed ?

– Je pense que ça lui est égal, s'esclaffa Kiran en retirant sa veste de velours. J'espérais qu'à force de dormir à côté d'elle, il se produirait une espèce de transfert par osmose, mais, pour l'instant, rien !

Elle ôta les épingles de son chignon et laissa ses longs cheveux dégringoler sur ses épaules.

– Mets-toi à l'aise. Il faut que j'aille aux toilettes.

Elle contourna le lit de Taylor et ouvrit une porte, que j'avais prise pour celle d'un placard.

– Moins de 0,05 %, murmura fièrement Taylor dès que Kiran fut partie. Certains scientifiques affirment même que cela n'existe pas.

– Ah, dis-je distraitement. Est-ce que c'est une salle de bains ? chuchotai-je.

– C'est délirant, hein ? fit Taylor en guise de réponse.

Elle corna la page de son livre, qu'elle lança sur son bureau.

– Ce dortoir est incroyable. Tout le monde se dispute pour y entrer : c'est le plus génial de tout le campus.

« Sans blague. »

J'allais demander à Taylor comment on se disputait précisément pour recevoir une invitation de leur part, lorsque j'entendis une chasse d'eau. Kiran revint parmi nous.

– Alors, prête à te mettre au travail ? me demanda-t-elle.

Je me crispai. Au travail ? Avaient-elles une autre tâche à me confier ? Était-ce pour cela que j'étais ici ?

Au même instant, la porte s'ouvrit sur Noëlle et Ariana. J'étais partagée entre le plaisir de les voir et la crainte de ce qu'elles allaient m'annoncer.

– Quoi ! Tu n'as pas encore commencé ? s'exclama Noëlle en fronçant les sourcils.

– On t'attendait, dit Taylor.

Aïe. À quelle sauce serais-je mangée, cette fois ?

– Délicate attention, souligna Ariana.

Elle s'avança jusqu'à une double porte, qu'elle fit coulisser.

– Reed Brennan, voici ta récompense ! déclama Kiran.

J'écarquillai les yeux. Je n'avais jamais vu un placard aussi grand, et celui-ci était plein à ras bord de pulls luxuriants, de hauts chatoyants et de jupes soyeuses. Quant aux chaussures, elles étaient renversantes, même pour moi, qui ne m'étais jamais trop intéressée à la mode. Après réflexion, je me demandai si c'était un véritable choix de ma part, ou si j'étais en fait une passionnée de fringues qui n'avait pas assez d'argent pour s'adonner à son vice.

– Tu es plutôt été, diagnostiqua Kiran en étudiant sa garde-robe, un doigt sur le menton. C'est-à-dire bleu, gris et argent. Ah, j'ai une idée.

Elle se frotta les mains et plongea dans sa penderie, dont elle tirait des cintres qu'elle crochetait sur ses doigts. Lorsqu'elle eut rassemblé une dizaine de pièces, elle alla les déposer sur son lit.

– Elle prétend que je suis un génie, mais attends de la voir à l'œuvre, dit tranquillement Taylor. J'aurais aimé avoir le sens des couleurs, mais c'est très rare d'avoir à la fois le génie scolaire et artistique. Tu me diras, il y a bien eu Léonard de Vinci, Benjamin Franklin…

– Taylor ! la rabroua Noëlle.

L'intéressée s'empourpra et pinça les lèvres.

– Je ne comprends pas…, commençai-je.

– On fait un rafraîchissement à ta garde-robe, dit Noëlle.

– Tu es bien foutue, ajouta Kiran. Il faut juste que tu apprennes à mettre tes formes en valeur.

Je rougis en la regardant sortir les vêtements de sa penderie. Cela ressemblait trop à de la charité à mon goût.

– Je n'ai jamais été très portée sur la mode, protestai-je.

Kiran renifla :

– Ça, on avait remarqué.

– Tu n'es pas obligée de tout prendre, dit Ariana en s'asseyant au bout du lit de Kiran. Essaies-en au moins quelques-uns, ils te plairont peut-être, qui sait ?

J'étais touchée par leur offre, même si j'étais dépitée à l'idée qu'elles me jugeaient si mal fagotée.

Kiran posa un pantalon bleu sous un pull bleu décolleté. Elle assortit une jupe argentée à un top sans manches à col roulé blanc. Elle disposa encore quelques ensembles sur son lit, puis fit claquer sa langue et déplaça le tout.

– Tiens, essaie ça, fit-elle en me tendant un débardeur turquoise et une jupe grise.

Je n'avais jamais rien touché de plus doux que l'étoffe de ce débardeur.

– Bon... je reviens, dis-je en me tournant vers la salle de bains.

– Oh, elle est pudique ! plaisanta Kiran.

– Quoi ?

– Allez, change-toi, s'impatienta Noëlle. Tu n'as rien qu'on n'ait déjà vu. Enfin, j'espère.

Je jetai un coup d'œil sur Taylor, qui me sourit pour m'encourager. Ariana me fixait de ses yeux bleus à donner le frisson. Gênée, je déposai les vêtements sur le dossier de la chaise de bureau de Taylor, déboutonnai mon jean et le retirai. Les filles Billings suivaient le moindre de mes mouvements. Je m'étais déjà changée devant des filles, bien sûr, mais jamais devant quatre personnes me fixant avec une telle insistance. Je leur tournai le dos pour retirer mon T-shirt et enfilai rapidement le débardeur. Malgré ma tension, je ne pus m'empêcher de remarquer sa douceur contre ma peau. Puis je passai la jupe. Sa doublure de satin toute fraîche glissa contre mes jambes. Je la boutonnai à la taille, me dépêchant de couvrir ma culotte de coton.

Je remontai la fermeture éclair de la jupe et, écarlate, je me tournai vers les filles. Je détachai mes cheveux et les laissai flotter dans mon dos.

– Qu'en pensez-vous ?

Pendant qu'elles m'observaient, j'essayai de me rappeler si j'avais mis du déodorant ce matin-là. Ce serait embarrassant de rendre à Kiran ses vêtements tachés de transpiration.

Noëlle sourit.

– Je crois que tout espoir n'est pas perdu.

– Va te regarder dans la glace, me conseilla Ariana.

J'allai me planter devant le miroir en pied et souris à

mon reflet. J'étais métamorphosée. Je paraissais plus vieille et on aurait dit que j'avais des formes. J'étais belle.

Si j'allais déjeuner avec les parents de Thomas dans cette tenue, ils me trouveraient peut-être assez bien pour leur fils...

– Je peux te les emprunter ? demandai-je à Kiran.

– Me les emprunter ? Mais non, c'est pour toi.

Je n'en croyais pas mes oreilles :

– Quoi ?

– Tu sais, je reçois toutes les semaines des fringues de Milan, New York, Paris... alors ce n'est rien du tout.

– Merci beaucoup ! roucoulai-je. C'est exactement ce dont j'avais besoin !

– Pour quoi faire ? me demanda Ariana, perspicace.

J'eus un instant de panique.

– Euh... Pour ma garde-robe. Je n'ai rien d'aussi beau.

– C'est pourquoi on t'a fait venir, dit Noëlle. Allez, on continue.

Kiran me tendit la tenue suivante, encore plus splendide, et je dissimulai un sourire de satisfaction en leur tournant de nouveau le dos. Finalement, ce n'était pas si grave qu'elles m'aient envoyée chercher un énoncé dont elles n'avaient pas besoin. Le moment présent valait bien quelques minutes de torture...

A

Passablement fébrile, j'attendais que M. Barber me rende mon dernier quiz d'histoire. C'était le premier que j'avais fait en utilisant la méthode de révision de Taylor, et j'avais eu beau connaître toutes les réponses, je n'en étais pas moins anxieuse. Je croisais les doigts, priant pour l'avoir réussi. On devait nous rendre d'autres devoirs dans la journée, et j'avais le sentiment que la note que j'obtiendrais à celui-ci donnerait le ton pour toutes les autres. Si elle était mauvaise, mes jours à Easton étaient comptés.

Je songeai à Billings et à mon après-midi en compagnie des filles. Je pensai à Thomas, et à tout ce que je perdrais si j'avais échoué à ce test.

Puis je pensai à ma mère. Aux murs gris du lycée de Croton. Au néant qu'il me faudrait retrouver.

Non ! C'était impossible : je ne pouvais pas y retourner.

Je fixais la couverture de mon cahier tandis que M. Barber montait et descendait les allées. J'avais résolu de ne pas faire cas de sa progression. Lorsque son ombre arriva enfin sur ma table, je retins mon souffle.

– Mademoiselle Brennan...

Je levai les yeux.

Il regarda ma copie avec consternation, puis lâcha :

– Gros progrès.

Il posa les feuilles à l'envers sur ma table. Je m'empressai de les retourner avec des mains fébriles. Il y avait un gros A près de mon nom.

– Waow, bravo ! chuchota Constance.

J'étais aux anges, et le plaisir me donnait des fourmillements dans tout le corps. Cette journée s'annonçait excellente !

Retour à la réalité

– J'ai eu des A partout ! Taylor, tu m'as sauvé la vie !

Le visage de Taylor rayonnait de fierté. L'heure du dîner approchait et nous étions en chemin pour la cafétéria. Un vent frais s'était levé, qui détachait les premières feuilles jaunes des arbres et faisait danser les boucles dorées de Taylor autour de ses joues.

– C'est vrai ? Que des A ?

– Presque. Sauf en histoire de l'art, où j'ai obtenu un B totalement injuste.

– Mais un B, c'est génial aussi, Reed ! Tu as réussi, s'écria Taylor en me serrant dans ses bras.

– Sans toi, je n'y serais jamais arrivée, lui dis-je en souriant. Tu n'imagines pas à quel point je suis soulagée. Après mon dernier rendez-vous chez Mlle Naylor, j'ai vraiment cru que j'allais me faire virer.

– Est-ce que tu l'as dit à Thomas ?

Je rougis. Apparemment, je n'étais pas parvenue à garder le secret sur ma relation amoureuse. Enfin, à en juger par l'air excité de Taylor, elle s'en formalisait moins que Noëlle.

– Pas encore, fis-je, la bouche sèche. Je ne l'ai pas vu.

– Alors, viens par ici, me suggéra Taylor en me prenant par la main. Il rôde souvent autour de la cafétéria avant le dîner. Allons le lui apprendre.

Je me laissai entraîner. Je me sentais libre et légère. Je n'arrivais pas à m'arrêter de sourire.

Thomas n'était pas devant la porte, comme parfois, mais Taylor ne se découragea pas. Nous contournâmes le bâtiment et l'aperçûmes bientôt, entouré de sa petite cour habituelle. Il était en train d'empocher un billet et tendait en échange à l'un de ses fans... un sachet contenant une demi-douzaine de pilules blanches.

Je m'arrêtai net, comme si la terre venait de s'ouvrir sous mes pieds, et je fus prise de sueurs froides. Soudain, je comprenais tout ! Thomas vendait de la drogue. Là, sous mes yeux. Devant tout le monde. Voilà pourquoi il était si populaire. Si puissant. Pourquoi il était toujours entouré. Ce n'étaient pas ses amis, ni ses admirateurs. C'étaient ses clients.

– Oh, merde ! pesta Thomas en découvrant mon visage défait.

Je me débarrassai de la main que Taylor avait posée sur mon bras, fis volte-face et partis en courant.

– Reed ! Attends ! cria Thomas.

Il prit quand même le temps de lancer quelques mots à sa clientèle :

– Je vous retrouve plus tard.

Je passai le coin du bâtiment en volant presque et continuai au pas de course. J'ignorais où j'allais. Il fallait juste que je me sauve loin de la cafétéria. Loin de tous ces gens.

– Reed !

Thomas me saisit le bras. Je me libérai brusquement.

– Où est le problème ? me demanda-t-il.

– Où est le problème ? Tu plaisantes ?

Il était au courant pour ma mère. Il savait qu'elle prenait des cachets, et quel effet ils lui faisaient. Ce qu'elle me faisait subir ensuite. Osait-il dire que ce n'était pas un problème ?

Taylor s'avançait derrière lui d'un pas hésitant. Elle avait croisé les doigts et gardait les yeux baissés.

– Eh bien, quoi ? insista Thomas, qui eut le culot de me sourire. Il faut bien que quelqu'un leur fournisse leur came. C'est juste un moyen de me faire un peu d'argent de poche. Détends-toi !

Comme s'il avait besoin de se faire de l'argent de poche... Sa montre coûtait plus cher que ma voiture !

– D'accord, Thomas : admettons que ce ne soit pas un problème. Dans ce cas, pourquoi ne m'en as-tu pas parlé ?

– Sans doute parce que je savais que tu flipperais, dit-il, l'air sombre. Tu es si parfaite, Reed. Je n'ai pas voulu te montrer mes défauts.

– Mentir ne va rien arranger, tu sais...

Soudain, je réalisai qu'il n'en était pas à son premier mensonge avec moi.

– Et ton portable ? Celui que tu avais perdu et pour lequel tu t'inquiétais tant... Ce n'était pas celui de tes parents, n'est-ce pas ?

Il crispa la mâchoire :

– Non.

J'étais au bord de l'évanouissement.

– C'était le téléphone sur lequel ils t'appellent ? Tes clients ? Et qui d'autre ? Tes fournisseurs, aussi ? C'est pour cela que tu étais aussi angoissé ?

Son visage disait tout.

– Ces gens-là ne sont pas des enfants de chœur, Reed. Ils exigent de pouvoir me contacter n'importe quand.

– Mais merde, Thomas ! m'écriai-je. Qu'est-ce que tu vas encore m'avouer ? Que tout ce que tu m'as raconté sur tes parents, c'était faux ?

– Non, pas ça, Reed ! Jamais je ne t'aurais menti sur ce sujet. Sur les choses importantes...

Parce que vendre de la drogue, ce n'était pas important ?

– Je dois y aller, fis-je soudain.

Je m'éloignai d'un pas pressé. Il courut derrière moi et me saisit le bras.

– Lâche-moi, Thomas !

Il obéit et me regarda dans les yeux. Je ne sais pourquoi, cela me fit encore plus mal. Il tendit alors la main, et je le laissai me toucher.

– Reed, je t'en prie. Dis-moi que tu n'es pas fâchée contre moi.

Comme je ne répondais pas, il posa ses paumes sur mes épaules. Elles étaient brûlantes.

– S'il te plaît, Reed... Tu m'aimes, n'est-ce pas ? Si tu m'aimes, tu dois aimer tout ce que je suis.

Ma gorge se serra. Je ne lui avais jamais dit que je l'aimais, et il profitait de ce moment affreux pour me lancer des mots graves au visage, se souciant avant tout d'atteindre son but. Comment osait-il me faire cela ? Je m'étais donnée à lui. Je lui avais tout donné. Et il me mentait depuis le début.

– Thomas ?

– Quoi ? Tu ne vas pas...

Il recula en hoquetant.

– Tu ne vas pas me quitter pour ça, quand même ?

Je le regardai, désespérée. Je me sentais trompée, salie et idiote. J'avais envie d'être seule, loin de lui, pour réfléchir.

– Je ne sais pas.

Son air de défi s'effaça en un éclair et je lus de la peur dans ses yeux.

– Reed, non ! Je t'en prie. Tu ne peux pas me quitter. Tu… Tu m'aimes.

– Thomas…

– Reed, s'il te plaît.

Il ne manquait plus que cela : les supplications.

– Je… j'ai besoin de temps.

– Non, dit-il en me retenant par la main.

– Thomas, laisse-moi partir.

Je faisais mon possible pour rester calme. Finalement, il relâcha son étreinte et leva les mains en signe de reddition. Puis il les croisa sur sa nuque pendant une seconde et se mordit la lèvre, au bord des larmes. Il cherchait visiblement quelque chose à dire. C'était plus que je n'en pouvais supporter. Je le contournai et m'éloignai vers Bradwell.

– Reed ! Reed ! Où vas-tu ? me cria Taylor en courant derrière moi.

– Tu étais au courant ? lui demandai-je, me rappelant qu'elle avait su où le trouver.

– Euh… ouais, fit-elle en haussant les épaules. Il fournit tout le monde à Billings. Comment pouvais-tu l'ignorer ?

Je sentis comme un goût de bile au fond de ma gorge. J'allais vomir. Je ne connaissais personne et je ne savais rien ! J'étais naïve, ridicule… nouvelle !

– Ça va ? me demanda-t-elle.

– Il faut que je parte.

Sur ces mots, je piquai un sprint et m'enfonçai dans l'obscurité.

La goutte d'eau...

Quand mon portable bipa, cette fois, j'étais bien réveillée. Mon cerveau moulinait depuis des heures sans répit, obsédée que j'étais par Thomas et ce que je venais de découvrir. J'avais coupé la sonnerie des heures plus tôt, après son vingtième message implorant, mais j'avais oublié d'éteindre le signal des SMS. Je pris le téléphone et lus sur l'écran : « rdv derriere billings dans 3 min ».

Je restai longtemps allongée sans bouger. Je n'étais pas d'humeur à recevoir des ordres. Pas après ma dispute avec Thomas. Pas après avoir vu avec quel air blasé Taylor m'avait confié que tout le lycée était au courant de ses pratiques. Je n'étais pas d'humeur à rendre service à quelqu'un, et encore moins disposée à accorder ma confiance à quiconque. Enfin, pour couronner le tout, je n'avais pas envie de bouger.

Je fixai le plafond, le cœur battant à tout rompre. Je n'avais qu'à faire la sourde oreille. J'en étais capable. J'étais indépendante et libre de mes choix. Il me suffisait d'ignorer leur appel, et tout irait bien.

Pourtant, j'avais beau essayer de m'en convaincre, les choses n'étaient pas aussi simples. Si je ne répondais pas à la convocation des filles Billings, que me resterait-il ? Je n'aurais plus Thomas, plus d'amies, rien... Si je les ignorais, je redeviendrais une élève de seconde anonyme, comme Constance. J'avais fait du chemin depuis que j'étais arrivée à Easton, solitaire, mal dans mes baskets et totalement ignare. Pouvais-je vraiment revenir en arrière ?

Le téléphone bipa de nouveau. Je consultai l'écran.

« 2 min. »

Dans un suprême effort de volonté, je repoussai mes couvertures, m'habillai et descendis furtivement l'escalier. Je sortis du bâtiment et traversai la cour comme une automate. J'étais furieuse. Ma mâchoire crispée me faisait mal et je sentais une migraine poindre sous mes tempes. Noëlle, Ariana, Kiran et Taylor m'attendaient derrière leur dortoir. La nuit était fraîche et elles étaient emmitouflées dans de gros pulls douillets.

– Est-ce qu'on abuse de ton temps ? me demanda Noëlle, cynique.

– Qu'est-ce que vous voulez ? lançai-je, glaciale.

– Tss-tss ! Tu recommences à faire la gueule, me gronda Kiran, un rien menaçante.

– Kiran ! dit Taylor, sévère.

Tout le monde se tourna vers elle. En général, les remontrances venaient plutôt d'Ariana. Taylor était peut-être triste pour moi, elle qui avait assisté à ma rupture et m'avait vue craquer. Soit elle n'avait pas raconté à ses amies ce qui s'était passé, soit c'était le cadet de leurs soucis.

– On a un autre job pour toi, m'annonça Noëlle.

Je ne répondis rien.

– Tu vois le thermos que Barber a toujours avec lui ? continua-t-elle.

– Ouais.

« Que veut-elle que j'en fasse ? Que je le vole ? »

– On aimerait que tu y verses ça demain, avant les cours.

Ariana me tendit une bouteille de vodka. Je la regardai sans réagir.

– Hein ? Pourquoi ? demandai-je.

Kiran haussa les épaules :

– Pour rire. Il va asperger toute la salle de café, j'imagine.

– Quelqu'un va sentir l'odeur du café et signaler qu'il contenait de l'alcool. Il y aura une enquête..., dit Noëlle en inclinant la tête de côté.

Kiran gloussa et Ariana eut un petit sourire narquois. Taylor regardait ses pieds. J'espérais qu'elles plaisantaient.

– Il risque d'être viré, dis-je.

– Ça serait drôle, s'esclaffa Noëlle.

Ses amies l'imitèrent et je serrai les poings. Moi qui avais déjà les nerfs à vif, je dus me retenir pour ne pas hurler. Je ne supportais pas l'idée qu'elles jouent ainsi avec la vie des gens. Certes, je m'étais moi-même pliée à leurs caprices, mais c'était de ma propre volonté. Et ce que j'avais fait pour elles leur avait servi, d'une certaine manière. Lorsque j'étais allée leur chercher à manger, lorsque j'avais rompu à la place de Kiran, puis gardé son secret, lorsque j'avais volé un énoncé de devoir... Bon, pas l'énoncé, mais le reste... Il n'était pas question, par contre, que je les aide à faire virer un type au seul motif que cela les amusait. Même si ce type était une ordure.

– Non, dis-je en me tournant pour partir.

– Quoi ? fit Kiran, incrédule.

– Je croyais que tu le haïssais, lança Noëlle.

Je m'arrêtai et basculai la tête en arrière pour regarder les étoiles.

– Et alors ? murmurai-je.

– Alors... pourquoi ne veux-tu pas le faire virer ? s'enquit Taylor.

– Il le mérite, souligna Ariana. Après ce qu'il t'a fait.

– Ce qu'il m'a fait ?

– Le jour de la rentrée, dit Ariana, le regard perdu dans le vague.

– Comment es-tu au courant ? m'écriai-je.

J'avais parlé beaucoup trop fort, mais personne ne sembla le remarquer ni s'en inquiéter.

– C'est une petite école, dit Noëlle. Il n'y a pas de secrets, ici.

Je n'étais pas de son avis. Il y avait beaucoup de secrets, au contraire. Plus des tas de choses que je ne savais pas et qu'on s'évertuait à me laisser ignorer. Je regardai Kiran, qui faisait des efforts visibles pour ne pas détourner la tête. Il est vrai que nous partagions au moins un secret, elle et moi.

– Je ne ferai pas ce que vous me demandez, déclarai-je en faisant mine de m'éloigner.

– Tu en es sûre ? insista Noëlle.

– Tu sais à quoi tu renonces ? dit Kiran en croisant ses bras minces sur sa poitrine.

Je levai les yeux vers Billings. Mon souffle formait de petits nuages de vapeur dans l'air frais. Je contemplai les fenêtres au travers desquelles j'avais observé Ariana le premier soir. Je me rappelai l'envie que j'avais éprouvée alors. Le sentiment que ces filles pouvaient me permettre d'échapper à la vie qui me faisait horreur. Mais il fallait marquer une limite, et je venais de décider qu'elle se situerait là.

– Je ne vais pas faire virer un type parce que c'est votre bon plaisir, leur dis-je en les regardant l'une après l'autre.

Je vis dans leurs yeux leur certitude que j'allais finir par céder, et cela ne fit que renforcer ma résolution. J'en avais assez qu'elles s'amusent avec moi. Que les filles Billings, que Thomas et que tout le monde dans cette fichue école se croie autorisé à me rendre dingue parce que j'étais nouvelle.

– Vous ne pouvez pas me demander n'importe quoi !

Je leur tournai le dos et m'éloignai sur des jambes tremblantes, consciente que je renonçais à la vie brillante que j'avais été si près de gagner pour retrouver mon petit univers gris et sinistre.

Un duo insolite

Le jeudi matin, en cours d'histoire de l'art, pendant que Mlle Treacle nous débitait ses longs discours habituels, je contemplais par la fenêtre les feuilles mortes éparpillées sur l'herbe. J'aurais pu craindre qu'elle m'interroge sur le texte qu'elle nous avait donné à lire et que je n'avais pas lu, mais il n'en était rien. En vérité, je n'étais même pas vraiment consciente de l'endroit où je me trouvais.

J'avais tenu tête aux filles Billings. Je leur avais dit non et je commençais à me demander si je n'avais pas perdu la boule. Qu'allais-je devenir sans elles ? J'avais rompu avec Thomas et refusé de me mêler aux filles de ma classe. Je m'étais prise pour l'incarnation de la morale et j'avais joué les saintes nitouches. Mais, en fait, je comprenais à présent que je m'étais surtout appliquée à démolir mon seul et unique espoir d'avoir un jour une vie à la hauteur de mes ambitions.

Je ne serais jamais une fille Billings. Je ne serais jamais rien d'autre que la pauvre petite Reed Brennan, fille d'un père ouvrier et d'une mère alcoolique. C'était fini.

Soudain, comme si je l'avais matérialisée par la pensée, une des filles Billings apparut dans mon champ de vision. C'était Leanne Shore, qui traversait la cour aux côtés de Mlle Naylor. Elle marchait voûtée et paraissait accablée. Quelque chose allait de travers. Je n'étais pas la seule à l'avoir remarqué : j'entendis Missy et Lorna chuchoter dans mon dos, et notai qu'elles suivaient elles aussi la progression du duo.

Leanne et son accompagnatrice empruntèrent le sentier menant au bâtiment de l'administration et disparurent derrière la porte. Mes tempes se mirent à bourdonner.

– On dirait que quelqu'un a des ennuis..., marmonna Missy.

Je hochai la tête, pensive. Il ne manquait plus que ça. Après avoir assisté à cette scène insolite, j'étais sûre de ne plus pouvoir me concentrer sur mes cours de toute la journée.

Seconde chance

À l'heure du dîner, tout le lycée avait appris la nouvelle : Leanne avait été accusée d'avoir enfreint le code de l'honneur. On lui reprochait d'avoir triché à un examen d'anglais. Il y aurait une enquête, et, si elle était coupable, elle serait renvoyée. Leanne ne vint pas à la cafétéria ce soir-là, et son choix me sembla assez judicieux, car tout le monde l'attendait de pied ferme. Quant à moi, je mourais d'impatience d'en parler avec les filles Billings, afin de découvrir ce qu'elles savaient. Hélas, elles ne m'avaient pas adressé la parole de la journée. Elles ne m'avaient même pas regardée quand j'étais passée devant elles, dans la cour. Comme il était exclu que je m'assoie à leur table, j'avais passé le petit déjeuner et le déjeuner à l'infirmerie, et j'avais prévu d'y rester pour le dîner, jusqu'à ce que mon estomac vide me fasse changer d'avis.

En quittant la file avec mon plateau, je jetai un coup d'œil vers la table Billings. Comme tout le monde à la cafétéria, ses occupants parlaient à voix basse, serrés les uns contre les autres. À toutes les tables, on s'échangeait les derniers ragots. Je m'armai de courage et me dirigeai vers celle de Constance, devinant que Missy et les autres ne me feraient pas de cadeau et insisteraient lourdement sur mon retour parmi elles. Qu'importe, je n'étais plus à une souffrance près dans ma lente descente aux enfers.

J'avais parcouru la moitié de l'allée centrale quand Thomas, assis au bout d'une table, se leva d'un bond et me barra le passage. Je sursautai. Je ne l'avais même pas remarqué. Son teint me parut livide dans la pénombre de la salle.

– Il faut que je te parle, me dit-il.

Je regardai furtivement sur ma droite. Noëlle et Ariana se détournèrent d'un même mouvement. Elles n'en avaient pas perdu une miette.

– Regarde-moi au lieu de les regarder ! me lança Thomas, un rien agressif.

– Thomas...

– Je t'ai téléphoné cent fois hier soir. Pourquoi m'évites-tu ? me demanda-t-il, tout à fait irrité à présent.

– Je crois que tu sais très bien pourquoi...

Il changea soudain de ton et se fit presque implorant :

– S'il te plaît, Reed, donne-moi une chance de m'excuser. Tu me dois au moins ça...

Je croisai ses yeux et me sentis faiblir. J'ignore ce qui me motivait le plus : l'envie pressante de me soustraire aux regards des autres ou le désir sincère d'entendre ses arguments. Je me laissai tomber sur une chaise, à une table inoccupée. Thomas s'assit en face de moi.

– Je suis désolé ! J'aurais dû te le dire, mais je voulais absolument sortir avec toi, et, si tu avais su quel loser je suis, jamais tu...

– Tu n'es pas un loser, répondis-je sans réfléchir.

Il se renversa sur sa chaise.

– Oh si ! Je suis loin d'être assez bien pour toi, je le sais...

Il était si triste, si penaud que soudain, malgré ma colère et ma déception, j'éprouvai un irrésistible besoin de le rassurer, de le protéger.

– Ne dis pas ça.

– Si, c'est vrai, insista-t-il. Mais je peux changer, Reed. Je peux changer pour toi.

Une boule se forma dans ma poitrine et migra peu à peu vers ma gorge. Personne ne m'avait encore fait une telle promesse, jamais. Jamais je n'avais compté à ce point pour quelqu'un, même pas pour ma mère. Je restai tout de même prudente : ce mec était un dealer ! Avoir une image inquiétante était une chose. Le véritable danger, c'était une autre affaire.

– Je veux que tu reviennes, dit Thomas en se penchant pour me prendre la main.

Il la posa sur la table et la fixa comme s'il s'agissait d'une rampe de sécurité.

– Je ferai tout pour te mériter.

– Thomas...

– Tu n'es pas obligée de te décider maintenant, mais laisse-moi te parler encore. Est-ce qu'on peut au moins continuer à discuter ?

Parler n'engageait à rien, et il n'avait pas précisé quand : ce soir, demain ou la semaine suivante. C'était assez vague pour que j'accepte.

– Bien sûr, répondis-je.

Son sourire illumina la salle.

– Bon. Écoute, il y a un truc ce soir dans les bois. Un truc pour lâcher un peu la vapeur avant l'arrivée des parents. Est-ce que tu voudrais venir ?

– Un truc ? Quel genre de truc ?

– Une fête. On amène tout l'alcool qu'on peut trouver et on se donne rendez-vous dans une clairière...

– Et c'est toi qui fournis la drogue ? demandai-je, sarcastique.

– Non ! fit-il précipitamment. Pas ce soir. Pas si ça te dérange...

« Si ça me dérange... » Je soupirai. Qu'est-ce que je faisais là ? Voulais-je vraiment m'embarquer dans cette galère ? Néanmoins, une chose m'intriguait :

– C'est qui, nous ?

– Moi et les mecs, et tes petites copines, bien sûr. Dash est incapable d'aller quelque part sans Noëlle.

Cela devenait tentant. Je m'efforçai de peser le pour et le contre : une fête interdite dans les bois avec Thomas et les filles Billings... C'était un coup à me faire virer et renvoyer dans ma merveilleuse ville natale sans comprendre ce qui m'arrivait. En même temps, aller à cette petite fête me donnerait une chance de revoir Noëlle et ses acolytes, de leur parler et de leur montrer que je n'étais pas totalement nulle. Un mec de terminale m'invitait à une fête illicite dans les bois ; ce n'était pas rien, quand même ! Même si ce mec s'appelait Thomas Pearson.

Je croisai le regard plein d'espoir de Thomas et compris ce que cela signifierait pour lui si j'acceptais. Cependant, ce qui emporta ma décision fut la pensée de l'avantage que je pourrais en tirer si j'étais assez habile.

– D'accord, fis-je.

Dans les bois

Ce soir-là, je me couchai avec un pantalon de jogging et un T-shirt, et j'attendis le moment de me glisser dehors pour retrouver Thomas derrière Bradwell. Je me demandais si j'avais pris la bonne décision. Comment les filles Billings réagiraient-elles en me voyant arriver au milieu de leur fête ? Se mettraient-elles en colère ? Me renverraient-elles dans mes pénates ? Ces pensées me faisaient mal au ventre, mais les dés étaient jetés.

À onze heures, ma montre émit un « clic ». Je repoussai vivement mes draps et enfilai mes baskets, puis j'attrapai au vol ma veste en jean et la lampe torche de la trousse d'urgence que j'avais emportée au lycée sur l'insistance de mon père. Constance, qui avait un sommeil de plomb, ne broncha pas lorsque j'ouvris la porte. Je sortis sur la pointe des pieds.

Dehors, l'air était frais et piquant. Il n'y avait pas un bruit sur le campus, hormis le chant des milliers de criquets qui colonisaient le parc. Thomas n'était pas là.

– Thomas ? chuchotai-je.

Une silhouette sortit de l'ombre. Je sursautai et manquai de m'évanouir en voyant sa démarche étrange, sa corpulence inattendue. Ce n'était pas Thomas !

Je gardai une main sur la porte derrière moi, prête à battre en retraite. La silhouette s'avança alors dans la lumière et je poussai un soupir de soulagement. Ce n'était pas un fou échappé de l'asile. Ce n'était que Josh.

– Salut, me lança-t-il.

Je me détendis en voyant son sourire. Comment avais-je pu le trouver menaçant, avec ses boucles blondes et son visage de bébé ?

– Tu m'as fichu une de ces frousses, lui confiai-je. Où est Thomas ?

– Désolé, dit Josh en haussant une épaule. Il n'est pas là. Il m'a envoyé te chercher. Il voulait arriver à la fête de bonne heure.

Ainsi, Thomas envoyait son coursier me chercher... Sympa ! Drôles de manières, en tout cas, pour quelqu'un qui espérait se faire pardonner. Avait-il tellement hâte de noyer son chagrin qu'il ne pouvait pas m'attendre ?

– Bon, dit Josh, allons-y. Tu es prête ?

Une boule s'était formée dans ma gorge et m'empêchait de répondre.

– Ouais, fis-je enfin.

– Suis-moi. Et reste près de moi.

Il rabattit sur sa tête la capuche de son sweat, se baissa et traversa la cour. Je me baissai, moi aussi, me maudissant de n'avoir pas pensé à mettre un chapeau ou une capuche. Cela tombait sous le sens, pourtant : plus on était couvert, moins on avait de chances d'être reconnu.

Nous étions à peine à la lisière du bois que j'étais déjà hors d'haleine. Ce n'était pas d'avoir couru, mais parce que j'avais la certitude que des projecteurs allaient s'allumer d'un instant à l'autre et que tous les adultes du lycée allaient nous tomber dessus. Rien de tel ne se produisit. Un silence de mort planait sur le campus.

– Par ici, me chuchota Josh.

Nous restâmes près des arbres pour gravir la colline, puis longeâmes le stade. Le tableau où l'on marquait les points se découpait sur le ciel étoilé. Après l'avoir dépassé, Josh bifurqua et pénétra dans le sous-bois. Je l'imitai et songeai soudain que je suivais un quasi-inconnu dans la nuit. J'aurais bien dit quelque chose pour rompre le silence, mais quoi ? « Au fait, Josh, je sais que tu es mignon et innocent, mais rassure-moi : tu n'as pas prévu de me violer et de me laisser pour morte dans la forêt ? Je te demande ça par simple curiosité... »

Je décidai de me taire.

Nous empruntâmes un petit chemin de terre sinueux qui s'enfonçait dans le bois. De temps à autre, les feuilles bruissaient au-dessus de nos têtes et me faisaient tressaillir. Au moment où j'allais demander à mon guide si nous étions encore loin, j'entendis un cri de triomphe, puis des éclats de rire. Peu après, le sentier déboucha dans une clairière au centre de laquelle brûlait un feu. Kiran, Ariana et Taylor étaient assises en rond sur des rochers plats et buvaient au goulot d'une flasque en discutant. Cinq ou six garçons étaient à l'entour. Ils buvaient, eux aussi, et se tordaient de rire avec Noëlle, qui semblait tout à fait à l'aise entourée de la gent masculine. Thomas était au centre, bien sûr. Je croisai son regard et m'étonnai qu'il ne vienne pas m'accueillir. J'étais surprise, mais plutôt soulagée : j'avais d'autres chats à fouetter.

– Tu veux une bière, ou quelque chose ? me demanda Josh en m'effleurant le creux des reins.

– Non, merci.

Il sourit et s'éloigna vers le feu. Je me tournai vers Ariana et ses amies :

– Salut !

Elles levèrent les yeux ; elles venaient seulement de remarquer ma présence.

– Qu'est-ce que tu fais là ? me lança Kiran en se mettant debout.

Elle portait un splendide manteau en drap fin qui lui descendait jusqu'aux pieds. Elle était l'élégance incarnée, même au milieu des bois.

– Je... J'avais besoin de vous parler, dis-je.

Je jetai un coup d'œil sur Thomas. Il était toujours de l'autre côté du feu, et j'espérai qu'il y resterait encore quelque temps. Il rit d'une plaisanterie de Gage, but une gorgée de bière et passa un bras sur les épaules de son ami. Comme si je n'étais pas là.

– À quel sujet ? Est-ce que ça va ? me demanda Ariana, aussi maternelle que de coutume.

Sa question me toucha. Peut-être que tout n'était pas perdu...

– Ouais, dis-je. C'est juste que...

Derrière Kiran, je vis Thomas jeter sa canette vide par terre et l'écraser du pied. Il s'avança vers nous en titubant.

– Que quoi ? s'enquit Taylor au moment où il arrivait à notre hauteur.

– Mesdemoiselles..., commença Thomas avec un petit sourire satisfait.

Mon cœur se mit à tambouriner dans ma poitrine. Il était soûl ! Il me tendit les deux mains en recourbant les doigts :

– Viens là, toi !

– On discutait, fit Ariana, impassible.

– C'est moi qui l'ai invitée, répliqua Thomas.

Il me prit la main et me tira si fort que je tombai sur lui. Il recula en trébuchant et je rougis de honte.

– Thomas, ça ne peut pas attendre ?

– Non, certainement pas, répondit-il en riant.

Il m'entraîna dans la clairière à reculons et je me retrouvai bientôt adossée à un gros arbre. Il m'appuya sur les épaules et m'embrassa. Il avait un goût de bière et sentait le feu de bois.

– Tu me pardonnes, hein ? murmura-t-il en me poussant encore plus fort contre le tronc, si bien que je ne pouvais plus bouger. Dis-moi que tu me pardonnes !

– Thomas...

Sa bouche recouvrit la mienne. Je me débattis, mais il se pressa contre moi et m'immobilisa. Ses mains froides descendirent jusqu'à ma taille ; je le sentis tirer sur ma chemise, puis tâtonner en dessous. Avant que je comprenne ses intentions, il s'attaquait à mon soutien-gorge. Je parvins à détourner la tête pour crier :

– Thomas, non !

– Quoi ? grogna-t-il.

Puis il sourit :

– Laisse-toi aller.

Il recommença à m'embrasser dans le cou, tandis que ses mains reprenaient leur exploration.

Des larmes brûlantes me perlèrent aux paupières.

– Thomas, je t'en prie ! gémis-je. Tout le monde nous voit.

Il me regarda d'un œil torve :

– Je sais. J'aime ça.

Je lorgnai Noëlle, qui avait rejoint les autres et semblait déçue par la tournure que prenaient les événements. Taylor aussi avait l'air écœurée. Kiran affichait un sourire méprisant et Ariana avait le regard fixe, comme d'habitude.

Thomas s'écarta de moi une seconde. Il ne m'en fallait pas davantage. Je levai les mains et le repoussai de toutes mes forces.

– Dégage ! sifflai-je entre mes dents.

Il vacilla et faillit tomber à la renverse, mais retrouva son équilibre *in extremis*. Sa poitrine se souleva et la colère déforma ses traits. Je le regardai d'un air suppliant :

« S'il te plaît, ne me fais pas honte. »

– Pourquoi es-tu venue ? cracha-t-il, trop furieux ou trop soûl pour avoir entendu ma prière muette.

– Je...

– Ce n'était pas pour moi, c'est clair !

Je regardai machinalement du côté des filles Billings. Thomas comprit et éclata d'un rire de dément.

– Mais oui, bien sûr ! Comment ai-je pu être aussi bête ! Elle est ici pour te lécher les bottes ! cria-t-il à Noëlle.

Puis, se tournant vers moi :

– Parce que la seule chose qui t'intéresse, c'est de te mettre bien avec elles, n'est-ce pas, nouvelle ? « Je veux devenir une fille Billings ! Elles sont mes amies ! Elles sont gentilles avec moi ! » minauda-t-il.

Je n'en revenais pas. Il me lançait mes propres mots au visage. Des mots que je lui avais confiés dans l'intimité.

– Thomas..., commençai-je.

– Alors, c'est ça ? cria-t-il. Tu m'utilises ?

Il s'avança vers moi et nous nous retrouvâmes nez à nez.

– Tu m'utilises pour arriver à elles ?

J'allais vomir, ou bien m'évanouir. Comment pouvait-il me traiter ainsi après ce qui s'était passé entre nous ?

– Je...

– Eh bien, désolé de te décevoir, mais on ne m'utilise pas ! beugla-t-il. Et maintenant dégage ! Je ne veux plus te voir ici !

Il me prit par les épaules et me fit faire demi-tour de force pour me montrer le sentier.

– Allez, va-t'en.

Je restai immobile. J'avais toutes les peines du monde à respirer.

– Va-t'en ! répéta-t-il.

Je m'éloignai en titubant, la vue brouillée par les larmes. Et soudain le sol se précipita vers moi et je heurtai du genou un rocher tranchant. En essayant de toucher ma jambe, je perdis complètement l'équilibre et ma tempe alla frapper le sol. Tout mon corps fut ébranlé par le choc. Je me mordis la langue et sentis le goût du sang dans ma bouche. Je vis Taylor ouvrir la sienne en grand, comme si elle allait crier, puis je fermai les yeux pour lutter contre un soudain vertige.

Dans ma confusion, je vis Thomas s'accroupir à côté de moi.

– Mon Dieu, Reed ! Ça va ?

Je rampais pour m'éloigner de lui, lorsque Noëlle s'interposa.

– Fiche le camp, Thomas ! lui lança-t-elle entre ses dents.

Les filles Billings avaient tout vu. La violence de mon humiliation était en passe de me faire oublier ma douleur. Thomas se redressa et fit quelques pas chancelants. Il était pâle et paraissait ébranlé.

– Comment te sens-tu ? me demanda Taylor en s'agenouillant près de moi.

J'essayai de m'asseoir.

Thomas m'avait projetée à terre devant tous ces gens. Devant Noëlle, Ariana, Kiran et Taylor. Pourquoi étais-je venue ? Qu'est-ce que je m'imaginais ?

C'est alors que Kiran arriva. Elle glissa son bras sous le mien et m'aida à me relever, avec l'aide de Taylor. Sonnée, je regardai autour de moi et vis que les filles Billings au grand complet s'étaient réunies pour affronter Thomas. Je m'efforçai de ravaler mes sanglots et de comprendre ce qui se passait.

– Thomas, qu'est-ce qui t'a pris ? lui demanda Ariana d'un ton sévère.

– Arrête ! Tu as bien vu ce qui s'est passé, se défendit-il. Je lui ai seulement dit de partir et elle a trébuché ! Je ne l'ai pas touchée.

Noëlle le considéra en plissant les yeux. Un tel regard m'aurait tuée sur le coup.

– Dash ? fit-elle.

– Je m'en occupe, répondit son petit ami d'un ton sec.

Il prit Thomas par les épaules et l'entraîna sous le couvert des arbres.

– Viens, mec, il faut qu'on parle...

Mes jambes flanchèrent. Par chance, Taylor et Kiran me soutenaient toujours. Elles me soutenaient ! Moi !

Ariana apparut dans mon champ de vision.

– Ça va ? chuchota-t-elle en glissant une mèche de cheveux derrière mon oreille.

– Que s'est-il passé ? m'entendis-je dire.

Je fixai le sol, les rochers, le feu, mon jogging préféré déchiré au genou. Je n'arrivais pas à me concentrer. Je ne comprenais rien.

– Bon, allez, lâche-moi, bordel ! fit soudain la voix de Thomas.

Je sursautai et nous nous tournâmes toutes en même temps pour le voir rabrouer Dash. Ce dernier, qui faisait presque deux têtes de plus que Thomas, manqua de tomber dans le feu, mais se rétablit juste à temps. Thomas fit demi-tour et fonça dans les bois, à l'opposé du sentier. Pendant un moment, nous restâmes tous silencieux, muets de stupéfaction.

Après cela, les filles Billings ne me quittèrent plus d'un millimètre. Pourtant, bien qu'elles aient pris ma défense, j'étais mortifiée. Je refusais encore de croire qu'elles avaient assisté à cette scène épouvantable. À la violence de Thomas, à ses moqueries. Qu'elles l'avaient entendu se moquer de l'intérêt que je leur portais et de mon souci de leur plaire. Que pensaient-elles de moi désormais ? Je n'osais même pas l'imaginer. Je n'avais qu'une envie : m'enfuir.

– Je rentre ! annonçai-je.

Le visage de Noëlle devint sérieux et Kiran protesta :

– Surtout pas ! Reste et amuse-toi, au contraire. Qu'il aille au diable !

– Je ne peux pas, dis-je, pas loin de craquer. Il faut que je parte.

Je fis demi-tour et m'éloignai d'une démarche chancelante. J'entendis des pas derrière moi, puis une voix :

– Reed, attends ! Je te raccompagne.

Je me retournai. C'était Noëlle.

Un nouveau départ

– Bon, à partir de maintenant, tu gardes tes distances avec Thomas Pearson, dit Noëlle sur un ton péremptoire.

Nous marchions sur l'herbe fraîche du stade et ses pas martelaient le sol.

– D'ailleurs, reprit-elle, je ne comprends pas ce qui t'a pris de sortir avec lui. Erreur de débutante...

Mon genou en sang me lançait à chaque foulée et je grimaçais de douleur, d'humiliation et de confusion. J'étais épuisée psychologiquement. Thomas m'avait minée.

– Il m'avait dit qu'il voulait s'excuser, murmurai-je. Qu'il voulait faire des efforts pour moi.

– Drôle de façon de le montrer, intervint Ariana.

Je ne l'avais pas remarquée avant qu'elle prenne la parole. Je m'aperçus qu'elles m'encadraient toutes les deux, tels des gardes du corps. J'aurais voulu dire quelque chose pour gommer l'image pathétique que Thomas avait brossée de moi : celle d'une pauvre fille mourant d'envie de leur plaire. Hélas, tout ce que j'aurais pu dire n'aurait fait qu'empirer la situation.

– Comment te sens-tu ? me demanda Ariana.

– Bien, dis-je en croisant les bras sur la poitrine. Mais je... je ne comprends pas. Qu'est-ce que j'ai fait ?

– Tu n'as rien fait ! affirma Noëlle, tandis que nous descendions la colline vers les dortoirs en longeant le bois. Il a toujours eu le vin mauvais. Comme son père.

– Tu crois que c'est juste l'alcool qui lui a fait dire ça ? hasardai-je, prise d'un soudain espoir.

– Qu'est-ce que ça changerait ? demanda Ariana d'une voix tranquille.

– Rien ! fit Noëlle, catégorique.

Elle avait raison, bien sûr. Je n'avais jamais pardonné à ma mère les horreurs qu'elle débitait lorsqu'elle était sous l'emprise des médicaments. Pourquoi aurais-je dû être plus indulgente avec Thomas ?

– Bon, tu comprends que tu dois l'éviter ? dit Noëlle. Ce type est bon pour l'asile, si tu veux mon avis.

J'avalai péniblement ma salive et hochai la tête :

– Ouais, je pense que Thomas et moi, c'est une affaire classée.

– Bien, approuva Ariana.

– Tu te porteras mieux sans lui, ajouta Noëlle.

Je faillis sourire de sa conviction.

– Pourquoi êtes-vous aussi sympa avec moi, ce soir ?

Elles parurent aussi désarçonnées l'une que l'autre :

– On est toujours sympa, dit Ariana, sur un ton qui suggérait qu'elle le croyait sincèrement.

– C'est provisoire, compléta Noëlle sur le mode de la plaisanterie.

Je saisis la perche qu'elle me tendait :

– Euh... au sujet de l'autre soir..., commençai-je.

– On en parlera plus tard, trancha Noëlle.

Je décidai de me taire.

Nous approchions de l'arrière de la maison Billings, située juste derrière Bradwell, quand nous entendîmes des pneus crisser sur le gravier. Prise de panique, je me figeai sur place. Noëlle me tira brutalement en arrière. Nous restâmes toutes les trois, plaquées contre le mur du dortoir, sans bouger ni respirer. Le contact de la pierre me faisait frissonner à travers mes vêtements, et le froid me transperçait les os. Le vent fit bruisser les feuilles, couvrant en partie une voix inintelligible, un cri étouffé. Puis des phares apparurent un instant entre les bâtiments, et le bruit d'un moteur s'estompa dans le lointain. Je ne retrouvai la volonté de respirer que lorsque le silence fut retombé sur le campus.

– Qui était-ce ? demandai-je.

– Aucune idée, répondit Noëlle.

Elle ne paraissait pas effrayée ; plutôt irritée d'avoir été retardée de trente secondes.

– Bon, Reed : écoute-moi, reprit-elle en fixant la colline. La bonne nouvelle, c'est que Thomas t'a montré son vrai visage. Maintenant, tu sais à quoi t'en tenir.

J'avais encore le souffle court et je peinais à me concentrer.

– Ne le laisse pas revenir, d'accord ? Si je te vois reparler à ce crétin...

– Certainement pas ! lui assurai-je, touchée par sa sollicitude. Je te le promets.

À ce moment-là, il m'était aisé de choisir entre Thomas et les filles Billings. Il m'avait facilité les choses : malgré ses grands discours, malgré son inquiétude de me voir fréquenter les filles Billings, qu'il soupçonnait de vouloir me faire souffrir, c'était lui qui m'avait fait du mal, et je n'étais pas disposée à le laisser recommencer. Il aurait beau me supplier, je serais intraitable.

– La voie est libre, nous signala Ariana.

– Allons-y ! souffla Noëlle.

Elles traversèrent la cour avec moi, au risque d'être découvertes, pour m'escorter jusqu'à mon dortoir. Après de brefs adieux, je me faufilai dans le bâtiment et me rendis à la salle de bains pour nettoyer mon genou écorché. À chaque élancement, je revoyais le visage de Thomas et je me disais qu'il avait passé les bornes. S'il essayait encore de se faire pardonner, je n'aurais qu'à me rappeler cette douleur.

Constance dormait comme une souche quand j'entrai dans notre chambre. Je ne me déshabillai pas, de crainte de la réveiller et de devoir lui expliquer d'où je venais. Je retirai simplement mes chaussures et me glissai sous mes draps tout habillée.

Toutefois, j'étais bien trop tendue pour trouver le sommeil. Je me repassai les paroles de Noëlle et d'Ariana et me rappelai comment elles m'avaient protégée. Il était évident qu'elles se souciaient de moi. J'étais revenue dans les bonnes grâces des filles Billings et j'avais retrouvé l'espoir de me forger un véritable avenir. Et tout cela grâce à qui ? Grâce à Thomas Pearson et sa névrose.

Une visite inattendue

Le vendredi matin, je m'habillai à toute vitesse pendant que Constance se préparait sans se presser et accompagnait en fredonnant sa chaîne hi-fi. Je n'avais pas fermé l'œil de la nuit ; j'étais épuisée, mais euphorique. Aujourd'hui, je retrouvais ma place à la table Billings. Aujourd'hui, je prenais un nouveau départ !

J'enfilai prudemment mon jean en prenant garde de ne pas toucher mon genou blessé. Je terminais à peine de le boutonner quand on frappa à la porte.

Constance me lança un regard intrigué. En général, à notre étage, on entrait dans les chambres les unes des autres sans préavis. Elle alla ouvrir et se figea en découvrant Thomas sur le seuil. Je connaissais ce sentiment ; une sourde angoisse m'étreignit.

– Salut, fit Thomas.

Il portait les mêmes vêtements que la veille au soir et ses yeux étaient injectés de sang.

– Je peux entrer ?

J'ouvris la bouche mais ne parvins pas à articuler un mot. Il dut prendre mon silence pour une invitation. Constance recula sans mot dire et il pénétra dans notre chambre.

– Tu descendais au petit déjeuner, n'est-ce pas ? lui lança-t-il d'un ton sans appel.

– Ah ? Euh...

Elle me jeta un regard inquiet et je lui fis signe qu'elle pouvait nous laisser. Si je ne voulais pas que tout le lycée soit au courant dans la demi-heure de la scène qui allait se dérouler, c'était préférable qu'elle n'y assiste pas.

– D'accord, dit-elle en saisissant son sac à la volée. À tout à l'heure...

Elle sortit et referma la porte derrière elle. Je songeai qu'elle devait être soulagée d'avoir quitté la pièce. Ainsi, elle ne serait pas impliquée si nous nous faisions prendre. Je me laissai tomber sur mon lit, sans forces.

– Qu'est-ce que tu fais là ? murmurai-je.

Je n'avais pas envie d'être seule avec lui. Je me sentais piégée. Je jetai un coup d'œil sur la porte et me demandai comment il réagirait si je me levais pour partir. Essaierait-il de m'en empêcher ? Je le vis en pensée me saisir le poignet pour me retenir. Dans le doute, je restai à ma place.

– Reed, s'il te plaît, je voudrais juste que tu m'écoutes..., commença-t-il.

Il s'assit au pied de mon lit ; je me recroquevillai à l'autre bout. Il baissa la tête, penaud, puis se leva et alla s'asseoir sur le lit de Constance.

– C'est mieux comme ça ?

Je poussai un soupir :

– Un peu...

Il baissa encore la tête et soupira à son tour :

– J'imagine que je l'ai mérité.

« Noon ! Tu crois ? »

Il leva vers moi des yeux suppliants.

– Je te le jure, Reed. Je ne voulais pas t'agresser comme je l'ai fait. Et je ne pouvais pas deviner que tu allais trébucher...

Je le dévisageai. Qu'étais-je censée répondre ? « Ce n'est pas grave » ?

– Je ne sais pas ce qui m'a pris hier soir, Reed. Je...

Il s'arrêta et passa ses mains sur son visage, puis dans ses cheveux. Comme toujours, ils retombèrent parfaitement en place.

– Non, c'est un mensonge. Je sais très bien ce qui m'a pris, rectifia-t-il.

Je ne l'écoutais qu'à moitié, tout occupée que j'étais à imaginer un moyen de m'enfuir.

– Je… j'ai un problème, dit Thomas en joignant les mains. Avec l'alcool.

Bizarrement, cet aveu me détendit.

– Tu ne dis rien ? s'enquit-il.

– Qu'est-ce que tu veux que je dise ? répliquai-je. « Noon ! »

Thomas cligna des yeux. J'avais marqué un point. Je regrettai que Noëlle n'ait pas entendu cette repartie.

– J'imagine que ça aussi, je le mérite, dit-il avec un petit sourire confus.

Pour une raison mystérieuse, je ne pus m'empêcher de lui rendre son sourire. Je dépliai lentement les jambes et m'assis en tailleur, le dos contre le mur. C'était étonnant comme son attitude avait changé depuis la veille au soir. Il n'était plus du tout agressif. Je retrouvais le Thomas normal. Mon Thomas.

Pourtant, c'était un dealer de drogue ! Un menteur ! Un alcoolique qui avait le vin mauvais ! Je ne devais pas l'oublier.

– J'ai ça dans le sang, continua-t-il. Je sais que ce n'est pas une excuse, mais je voudrais que tu comprennes : je suis conscient que je ne m'en sortirai pas sans me faire aider. J'ai attendu toute ma vie que mes parents se prennent en main, alors je serais le dernier des hypocrites si je me défilais, moi aussi.

– Alors, tu vas… aller en cure ?

Thomas eut un petit rire crispé.

– Je voudrais. Je voudrais sincèrement, mais ce n'est pas possible à cause de mes parents. Je ne serai majeur que dans six mois et, avant cela, je ne peux rien faire sans leur autorisation. Si je leur en parle, ils me riront au nez et me conseilleront de m'endurcir.

Je fus soudain prise de compassion. Il paraissait si vulnérable, si effrayé. On aurait dit un petit garçon que ses parents venaient de laisser tomber pour la dix millième fois. Il avait besoin d'aide et pourtant, même dans une situation aussi grave, il ne pouvait pas compter sur eux.

Il dut s'apercevoir que mon expression s'était adoucie, car il revint s'asseoir sur mon lit. Je ne bronchai pas quand il me prit les mains. Il resta immobile quelque temps, à regarder fixement nos doigts.

– Je sais que tu n'es pas prête à me pardonner, mais je veux m'en sortir et je ne peux pas le faire sans toi...

Il avala péniblement sa salive.

– Je... j'ai besoin de ton aide. Je t'en prie. Si tu n'es plus là pour me soutenir, je ne sais pas... je ne sais pas ce que je vais devenir.

Une larme coula sur sa joue et, l'instant d'après, il éclatait en sanglots. Alors, à ma grande surprise, je l'attirai contre moi et je le laissai hoqueter contre mon épaule. Comment avais-je pu me croire capable de lui tourner le dos, alors qu'il avait besoin de moi ?

– Je suis tellement désolé, Reed ! Je te jure que jamais je n'ai voulu te faire de mal. S'il te plaît... Il faut que tu me fasses confiance.

Il leva vers moi ses yeux splendides bordés de rouge. Il était si désespéré, si effrayé à l'idée que je n'allais pas lui pardonner que j'eus honte de moi. Je me reprochai d'avoir été déloyale avec lui. Ce qui s'était passé la veille au soir était un accident. Une erreur. Tout le monde peut commettre une erreur. Et en plus il m'aimait, j'en étais sûre. Il n'avait que moi.

– D'accord, dis-je en me cramponnant à lui. Je ferai tout mon possible pour t'aider.

– Merci ! renifla-t-il dans mon pull.

Ses sanglots s'apaisèrent peu à peu. Je pensai à Noëlle. Je savais ce qu'elle aurait fait dans la même situation. Elle aurait été forte. Elle se serait levée et lui aurait conseillé d'aller se faire voir, au motif qu'elle n'avait rien à faire d'un loser comme lui. Mais moi, ce que je voulais, c'était continuer à le serrer dans mes bras, lui donner l'impression que tout allait s'arranger, et m'en persuader moi-même.

Finalement, Thomas soupira et s'assit. Il s'essuya les yeux et me fit un sourire gêné. Même avec le nez rouge et le visage ruisselant de larmes, il était beau. D'une beauté stupéfiante.

– Ça va ? lui demandai-je, le cœur lourd.

– Ça va mieux.

Il respira profondément avant d'ajouter :

– Écoute... Il y a autre chose. Je sais que je n'ai pas le droit de te le demander, mais j'espère... J'espère que tu viendras quand même déjeuner avec nous demain. Mes parents ont hâte de te rencontrer, et je suis sûr qu'ils vont t'adorer.

Il avait raison : il n'avait absolument pas le droit de me demander cela. Pourtant, il était si sincère, si triste et si repentant. Il déposait son cœur devant moi, et je ne pouvais pas le fouler aux pieds.

Alors, malgré la voix de Noëlle qui résonnait encore dans mes oreilles pour me mettre en garde contre ma faiblesse, je cédai.

– D'accord, fis-je, la bouche sèche. Je viendrai.

Son corps tout entier se détendit. Son sourire reconnaissant me toucha et je compris à cet instant que je ferais n'importe quoi pour lui. Je l'aimais. Ce qui s'était passé n'y changeait rien. J'étais prête à affronter l'avenir, que j'envisageais avec un mélange d'excitation et d'appréhension.

– Merci, dit-il.

Il se pencha pour déposer un baiser sur mon front. Je fermai les yeux et luttai contre une irrésistible envie de pleurer. Il m'embrassa de nouveau, sur les lèvres cette fois, puis s'éclipsa.

La honte

Quand je franchis seule la porte d'entrée de Bradwell, un quart d'heure plus tard, j'étais vidée et absolument pas préparée à ce qui m'attendait dehors. Une foule compacte s'était massée autour du bâtiment Billings et s'étoffait à mesure que le temps passait. Intriguée, je me mêlai aux badauds. Je trouvai Constance, Diana et Missy dans la cohue.

– Que se passe-t-il ? leur demandai-je.

– Tiens, ça va ? me lança Constance, d'un ton lourd de sous-entendus.

Il me fallut une seconde pour comprendre qu'elle faisait allusion à la visite de Thomas. Je l'avais déjà oubliée !

– Ouais, ça va. Qu'est-ce qui se passe ?

– Ils la renvoient. La fille Billings.

Mon estomac se noua brusquement. Les seules filles Billings qui me venaient à l'esprit étaient Ariana et Noëlle.

– Qui ça ? fis-je, affolée.

Missy roula les yeux :

– Leanne Shore. Essaie de suivre, Brennan !

J'ignorai sa pique tant j'étais soulagée. Oui, bien sûr, Leanne ! Pourquoi étais-je allée chercher ailleurs ? Je scrutai la foule pour tenter d'apercevoir Ariana et les autres. Où étaient-elles ? Qu'en pensaient-elles ? Je ne les vis nulle part.

– Que s'est-il passé ? Elle a avoué ? demanda Diana.

Elle se dressait sur la pointe des pieds pour essayer de voir par-dessus les têtes des dizaines d'élèves mieux placés que nous.

– Non ! Ils ont trouvé ses antisèches, expliqua Constance. C'est une fille de *La Chronique* qui me l'a dit.

– Si cette cruche n'a pas eu l'idée de brûler ses preuves, gloussa Missy, ça ne m'étonne pas qu'elle ait eu besoin de tricher aux examens.

– Et Noëlle et les autres, tu crois que ça va ? me demanda Constance. Elles doivent être vachement mal...

– Pourquoi ?

– Parce qu'elles sont dans le même dortoir, dit Constance. Elles doivent s'angoisser.

Missy s'étrangla de rire et, pour une fois, j'étais d'accord avec elle. La dernière chose qu'elles devaient faire, c'était s'angoisser. Noëlle était sans doute en train de danser une petite gigue quelque part.

– Je ne sais pas. Je ne crois pas qu'elles étaient très proches, dis-je, diplomate.

Un silence feutré s'abattit sur la foule lorsque les portes du dortoir s'ouvrirent. Constance grimpa sur l'accoudoir du banc derrière nous, déjà bien encombré, et me hissa auprès d'elle. Sa curiosité insatiable me faisait froid dans le dos, mais sa ténacité m'impressionnait. De là-haut, en tout cas, nous avions une vue imprenable.

Leanne sortit la première, suivie par deux adultes. Je supposai que c'était ses parents. Plusieurs employés du lycée leur emboîtaient le pas, portant des sacs et des cartons. Leanne était d'une pâleur cadavérique.

– Bye bye, loser ! fit une voix qui ressemblait à s'y méprendre à celle de Noëlle.

Je la localisai enfin et notai qu'elle agitait la main à l'intention de Leanne.

Plusieurs personnes ricanèrent et la démarche de Leanne changea imperceptiblement. Elle avait entendu. C'était horrible ! J'avais beau ne pas l'aimer, jamais je ne lui aurais souhaité cela, ni à elle, ni à quiconque. Étaient-ils obligés de la renvoyer maintenant, devant tout le monde ? Pourquoi n'avait-on pas dispersé la foule et expédié les élèves à la cafétéria, prendre leur petit déjeuner ?

– Ils veulent qu'on assiste à la scène, dit une des filles perchées sur le banc, comme si elle lisait dans mes pensées. Ils pensent que cela nous servira de leçon.

– Eh bien, c'est réussi ! déclara son amie. Moi, après avoir vu ça, je te garantis que je n'enfreindrai jamais le code de l'honneur !

Peu après, je vis Natasha se frayer un chemin dans la foule, bousculant plusieurs personnes au passage. Elle semblait si furieuse que de la vapeur aurait pu aussi bien lui sortir des oreilles. Je sautai du banc et m'élançai pour rejoindre mes amies.

– Reed, où vas-tu ? me cria Constance.

– Je reviens !

Natasha et moi arrivâmes exactement au même moment, moi derrière Taylor, et elle pile devant Noëlle.

– Qu'est-ce qui se passe ? lui demanda-t-elle, hors d'haleine.

– Tu n'es pas au courant ? Ta copine rentre chez elle, dit Noëlle innocemment. Elle a enfreint le code de l'honneur.

– Ça, c'est encore à voir ! fit Natasha.

Noëlle haussa les sourcils.

– Je suis choquée, mademoiselle Crenshaw ! Suggères-tu que le bureau des directeurs s'est trompé ? À ta place, j'y réfléchirais à deux fois avant de prononcer une telle accusation.

– Ce n'est pas eux que j'accuse, c'est toi ! cracha Natasha.

Je regardai Taylor, qui ne s'était pas aperçue de ma présence. Que diable se passait-il ?

– Je te conseille de bien réfléchir, là aussi, lança Kiran à Natasha.

Ariana lui toucha le bras et secoua la tête pour lui signaler que cette menace était superflue.

Pour la première fois, je lus de l'incertitude dans les yeux de Natasha. Elle fixa tour à tour Kiran, Ariana et Taylor. Puis elle me remarqua et nous considéra toutes avec la même expression de dégoût. Enfin, la sagesse l'emporta et elle battit en retraite.

Après son départ, mon esprit fourmilla de questions, mais je me tus. Leanne monta dans une voiture, qui quitta aussitôt le campus. Lorsque les badauds se dispersèrent, je trouvai enfin le courage de demander :

– Qu'a-t-elle voulu dire ?

Noëlle, Ariana, Kiran et Taylor se tournèrent d'un même geste et me regardèrent avec des airs inexpressifs.

– Tiens, Lèche-vitres..., fit Noëlle. Je crois qu'il faut qu'on te dise quelque chose.

Kiran eut un rictus suffisant. Ariana me regarda sans me voir et Taylor détourna précipitamment les yeux.

– Quoi ?

Je ne savais pas quoi dire d'autre. La peur fit courir un doigt glacé le long de ma colonne vertébrale.

– J'ai vu Thomas sortir de ton dortoir ce matin, m'apprit Ariana.

Je sentis mes jambes flageoler.

– Il est juste...

– Je croyais que tu ne devais plus jamais lui parler, me coupa Noëlle. À moins que tu n'aies encore décidé de n'en faire qu'à ta tête. Cela aussi, c'est contre tes principes ?

« Aïe, aïe, aïe ! » Ainsi, elles ne m'avaient pas pardonné mon refus de verser de la vodka dans le café de Barber. Enfin, peut-être que si, mais elles s'étaient ravisées en voyant Thomas sortir de Bradwell. Je tentai de me justifier :

– Je ne lui ai pas demandé de venir. Il a débarqué sans prévenir. Noëlle, je te le jure ! Je ne voulais même pas lui parler.

– C'est pathétique, lâcha Kiran. Elle ne peut pas se passer de lui, je vous l'avais bien dit...

Mes joues s'empourprèrent à l'idée qu'elles avaient discuté de moi, et sans doute aussi des événements de la veille au soir.

– Vous ne comprenez pas ! insistai-je.

Noëlle plissa les yeux et fit une grimace de dégoût. Je les implorais, et c'était tout ce qu'elle détestait.

– Bon, on s'ennuie, soupira Kiran.

– On s'ennuie à mourir..., renchérit Taylor.

– Mesdemoiselles..., commença Noëlle.

– Noëlle, attends ! m'écriai-je, folle de désespoir.

Mon monde s'écroulait soudain devant mes yeux.

– Ariana, tu ne peux pas..., tentai-je encore, en vain.

Elles firent la sourde oreille et regardèrent à travers moi comme si je n'existais pas. Noëlle tourna les talons la première. Ariana, Kiran et Taylor lui emboîtèrent le pas et elles s'éloignèrent en file indienne, comme ça, sans moi !

Seule

L'après-midi, tous les professeurs commencèrent leur cours par un sermon nous recommandant de ne pas nous laisser distraire par le récent scandale. Malgré cela, les salles de classe bruissèrent de chuchotements ininterrompus, et les profs passèrent tant de temps à réclamer le silence que je pus rêvasser à mon aise. Je me demandais quelle erreur j'avais commise. Aurais-je dû chasser Thomas de ma chambre ? Sans doute. Mais Ariana l'aurait quand même vu sortir et m'aurait soupçonnée de lui avoir pardonné. Il fallait que je trouve une occasion de m'expliquer. L'idéal serait une entrevue en tête à tête avec l'une des quatre. Si elles comprenaient que Thomas m'avait piégée, peut-être me laisseraient-elles réintégrer leur groupe.

Sauf que le problème de Thomas demeurait : je lui avais promis de l'aider. Une chose était claire, à présent :

je ne pouvais pas tout avoir, lui et les filles Billings. Que décider ?

Mon sentiment de solitude atteignit son comble lorsque je m'aperçus que Thomas était aux abonnés absents. En général, je le croisais dans les couloirs pendant la journée, ou au moins dans la cour avant le dîner. Ce jour-là, rien : il était devenu aussi invisible qu'injoignable. Je consultais mon portable toutes les cinq minutes pour vérifier s'il ne m'avait pas laissé un message, en vain. Le spectacle de l'écran nu me déprimait presque autant que les mots : « téléphone de Lèche-vitres » qui s'y affichaient. J'y avais vu au début un signe de connivence entre Noëlle et moi, mais en fait ce n'était qu'une méchanceté de plus.

De retour à Bradwell après le dîner, je gardai mon portable dans ma poche et guettai la sonnerie du téléphone du couloir. Hélas, tout resta silencieux. Même le dortoir était plus tranquille que d'habitude. Plusieurs filles étaient sorties avec leurs parents. Les familles devaient arriver le lendemain matin de bonne heure pour assister au culte avant d'aller bruncher, mais certains parents étaient venus en avance pour enlever leur progéniture et l'emmener dîner aux chandelles dans l'un des pittoresques restaurants de la ville. J'aurais pu regretter d'avoir interdit à mes parents de venir, mais cette idée ne m'effleura même pas. Au mieux, nous serions allés dîner au Denny's[1] au bord de l'autoroute, où ma mère aurait transformé son café en irish coffee et m'aurait reproché de prendre des airs supérieurs.

Je soupirai et quittai mon lit pour aller m'asseoir sur l'appui de fenêtre. La chambre d'Ariana était plongée dans le noir, comme presque toutes celles de la maison Billings. Encore une conséquence malheureuse du week-end des parents. Je pris mon téléphone et le regardai fixement, désespérée. Il fallait que je parle à quelqu'un.

Je décidai de commencer par le plus facile. C'était Taylor, à mon avis, qui m'offrirait l'oreille la plus compatissante. Si elle était sortie avec ses parents, elle serait peut-être de bonne humeur et plus encline à être gentille avec moi.

J'appuyai sur la touche 4 de la mémoire, que Noëlle avait programmée pour moi. Elle s'était attribué le 1. Ariana venait en 2, Kiran en 3 et Taylor en 4.

Je retins ma respiration pendant que le téléphone sonnait. Une, deux, trois fois. Puis j'entendis sa voix sur la messagerie : « Salut, vous êtes sur la boîte vocale de Taylor. Merci de me laisser un message ! »

Je raccrochai avant le bip. Enhardie, j'essayai Kiran et tombai sur une autre voix préenregistrée : « Salut, c'est

1. Une chaîne de restaurants du type « Flunch ».

Kiran, disait-elle avec lassitude. Si vous ne savez pas quoi faire après le bip, je ne peux rien pour vous. »

Je raccrochai. Je sentais la colère monter. Comment osaient-elles m'ignorer ainsi ? S'étaient-elles donné le mot pour ne pas me répondre ? J'appelai Ariana d'une main tremblante et me retrouvai encore sur la messagerie. Je balançai mon téléphone sur le lit de Constance, écœurée. J'étais furieuse contre elles, et encore plus contre moi.

Je me levai et récupérai mon téléphone. J'allais composer le 1 pour Noëlle quand la porte s'ouvrit à la volée. Constance fit irruption dans la pièce, écarlate.

– Salut ! On va se mettre un DVD. Tu viens ?

« Non, je préfère me morfondre. »

– Non, merci ! C'est sympa, mais j'ai des coups de fil à passer.

– Allez, Reed ! Lorna a sorti toute sa collection de films avec Reese Witherspoon et elles se disputent pour savoir lequel regarder.

– Je ne peux pas.

J'avais hâte qu'elle s'en aille. En restant là, elle m'empêchait d'appeler Noëlle pour la supplier de m'accorder son pardon.

– Allez ! insista-t-elle. Ça va être génial ! En plus, on a besoin de ton vote pour nous départager !

– Je t'ai dit non ! fis-je sèchement.

Je le regrettai aussitôt. Constance me regarda comme si je venais de la gifler, et cela n'aurait guère fait de différence. Depuis que nous partagions cette chambre, elle avait été gentille et pleine de sollicitude pour moi, tandis que je m'étais évertuée à l'ignorer.

– Constance...

– Ce n'est pas grave, dit-elle en prenant un pull sur son lit. Vas-y, appelle tes amies.

Elle fit demi-tour et, pour la première fois depuis que je la connaissais, elle sortit en claquant la porte.

Je restai seule dans ma chambre, pendue à mon téléphone muet, à écouter les rires et les conversations fuser de l'autre côté du mur.

Les Pearson

Le samedi, à sept heures du matin, j'empruntai le sentier menant à la maison Ketlar, tirée à quatre épingles. Je ne savais pas si Kiran était toujours d'accord pour que je mette ses vêtements, mais j'avais décidé de prendre le risque. J'avais besoin de me sentir quelqu'un d'autre pour affronter cette journée. Cette tenue avait l'avantage de me métamorphoser. J'avais quand même un trac fou. J'allais rencontrer les parents de Thomas, les tristement célèbres Lawrence et Trina. Comment ne pas avoir peur ?

C'était une splendide matinée d'automne, fraîche et lumineuse. Autour de moi, les garçons accueillaient leurs parents avant de les emmener à la chapelle pour assister au culte du matin. Je scrutai les lieux à la recherche de Thomas, sans succès. En revanche, j'identifiai ses parents au premier coup d'œil. Ils n'auraient pas été plus faciles à reconnaître s'ils avaient porté leur nom tatoué sur le front. Son père, vêtu d'un élégant costume gris, était debout à l'extrémité de l'allée et consultait sa Rolex toutes les dix secondes. C'était le portrait craché de Thomas, en plus grand et plus corpulent, avec quelques rides autour des yeux. Sa femme, assise sur un banc derrière lui, arborait un air pincé. Elle avait des cheveux teints en roux coiffés en chignon, portait un tailleur ultra-chic à fines rayures et des escarpins assortis à son sac. Elle semblait s'ennuyer à mourir.

Thomas était en retard. Je lui en voulais à mort de me mettre dans cette situation inconfortable. Je n'avais jamais été très douée pour aborder les gens, et encore moins les adultes. Je décidai d'attendre qu'ils fassent le premier pas. Après tout, ils étaient prévenus que je serais là, et Thomas avait dû me décrire.

Plus je patientais, plus les lieux se vidaient. Bientôt, je me sentis si voyante que cela me devint insupportable. Je songeai à la désinvolture sophistiquée de Kiran et à l'assurance naturelle de Noëlle. Elles avaient beau me détester, rien ne m'empêchait de les imiter. Je plaquai un sourire sur mon visage et me tournai vers le père de Thomas.

– Bonjour ! Vous devez être M. Pearson...

Il me regarda de haut en bas en fronçant les sourcils. Son épouse se leva.

– Oui, fit-il. Et vous êtes... ?

– Je m'appelle Reed Brennan.

Aucun signe de reconnaissance. Pas un battement de paupières, rien. Je me mis à transpirer abondamment.

– Je suis la...

La suite resta coincée dans ma gorge. J'étais incapable de prononcer un mot de plus sous l'œil inquisiteur des infâmes Pearson.

– Pardon ? fit Trina en passant son bras sous celui de son époux.

– Je suis l'amie de Thomas, dis-je enfin.

J'avais envie de disparaître sous terre.

– Il n'a pas... Je pensais qu'il vous avait dit que je déjeunerais avec vous.

Son père soupira :

– Non, il ne nous a rien dit. Mais ça ne m'étonne pas : c'est du Thomas tout craché.

Incroyable ! Thomas m'avait affirmé leur avoir parlé de moi. J'étais soi-disant la première fille qu'il voulait leur présenter. Ils avaient hâte de me rencontrer. Encore des mensonges ! Je fixai la porte de la maison Ketlar, espérant qu'il allait enfin se montrer. S'il était là-dedans, jouant les malades et me laissant me débrouiller seule avec ces gens qui ignoraient jusqu'à mon existence, c'était le plus grand lâche que la Terre ait porté.

Mais il ne me ferait pas une chose pareille ! Pas après tout le reste. Pas après ses aveux et ses excuses. Quelque chose clochait, forcément.

Je sortis mon téléphone et composai son numéro. Je souris à ses parents, puis me détournai. Je tombai sur la messagerie et raccrochai, dépitée. Pour la première fois, je regrettais de ne pas avoir le numéro de son autre portable.

– Où est Thomas, ma chérie ? me demanda sa mère.

– Je ne sais pas, dis-je en rangeant mon téléphone. Il doit être en retard.

Je me creusai la tête pour trouver une excuse, n'importe laquelle.

– Il... euh... il avait un exposé à rendre et il a veillé tard hier soir pour y travailler.

– Thomas, veiller tard pour étudier ? Elle est bonne, celle-là ! s'esclaffa son père.

Les joues me brûlèrent. Je n'étais pas douée pour les mensonges, c'était un fait. Je parvenais tout juste à embobiner mes parents.

Les cloches de la chapelle retentirent alors, signalant le début du culte du matin. Je regardai autour de nous. La cour était déserte.

Je levai la tête et scrutai la façade de la maison Ketlar. Je n'avais pas parlé à Thomas depuis presque vingt-quatre heures ; je ne l'avais même pas aperçu depuis sa visite de la veille. Pourtant, j'eus soudain la certitude qu'il n'était pas derrière ces murs, en train de nous observer.

– Bon, ça suffit ! s'exclama M. Pearson. Je monte le chercher. Je le ramènerai par la peau du cou si nécessaire.

Je voulus protester, lui proposer d'y aller à sa place, mais il était déjà parti en fonçant comme un taureau. Mme Pearson soupira avec majesté. Je lui adressai un sourire contrit qu'elle ignora. Plus je m'attardais ici, plus je me sentais mal. J'avais un mauvais pressentiment. Très mauvais.

J'espérais que M. Pearson ressortirait avec Thomas en caleçon ou en pyjama, que sais-je ? Hélas ! quand il réapparut quelques secondes plus tard, rouge de fureur, il était seul. Thomas avait disparu.

Un message

Au culte du matin, je m'installai près de Constance et ses parents : un homme immense à la tête énorme et une femme minuscule qu'il recouvrait presque entièrement de son ombre. Constance ne m'avait pas adressé la parole de la matinée et avait quitté notre chambre pour retrouver ses parents pendant que je prenais ma douche. Quand je m'assis près d'elle dans la chapelle, elle hocha la tête, impressionnée par ma tenue vestimentaire. Ce geste me réconforta. Avec un peu de chance, les dégâts que j'avais causés la veille au soir ne seraient pas irréversibles...

M. Talbot se penchait sans arrêt vers sa fille pour l'interroger d'une voix tonitruante sur le déroulement de la cérémonie. Quant à moi, je passai mon temps à tendre le cou pour essayer de voir si Thomas était arrivé. Ses parents, assis au fond de la salle, affichaient des airs sinistres. De temps à autre, je surprenais sa mère en train de me regarder sévèrement, comme si j'étais responsable de la désertion de leur fils. Chaque fois que nos yeux se croisaient, je blêmissais. Malgré cela, je ne pouvais m'empêcher de l'observer.

Lorsque le doyen termina son discours, Thomas n'était toujours pas là. En sortant de la chapelle, je m'élançai dans la foule dans l'espoir de rattraper Josh et ses parents, mais je les perdis très vite de vue. Je rentrai donc seule à Bradwell en réfléchissant à la suite des événements. J'avais déjà composé le numéro de téléphone de Thomas une dizaine de fois. Que pouvais-je faire de plus ? M'introduire dans sa chambre et y chercher des indices ? Où était-il parti ? Pourquoi ne m'avait-il pas prévenue ?

En entrant dans Bradwell, je vis Constance et ses parents qui patientaient devant l'ascenseur. Je frémis à l'idée de monter dans cette cabine minuscule avec un géant et sa fille fâchée contre moi. Je fis demi-tour pour prendre l'escalier et gravis les marches deux à deux. Peut-être que Thomas m'avait laissé un mot, ou qu'il m'attendait dans ma chambre... Ça ne coûtait rien d'espérer.

J'arrivai devant notre porte en nage et hors d'haleine, en même temps que Constance. Par bonheur, elle était seule.

– Où sont tes parents ? lui demandai-je.

– Ils sont restés dans la salle commune. Que se passe-t-il ? Ça va ? J'ai vu les parents de Thomas à la fin du culte. Il s'est passé quelque chose ?

« Ça, j'aimerais bien le savoir ! »

Apparemment, Constance avait oublié l'affront que je lui avais fait la veille. Ou alors sa curiosité l'emportait sur le reste.

– Je suis sûre qu'il va bien, mentis-je.

Je poussai la porte et nous nous arrêtâmes net. La moitié de la chambre, ma moitié à moi, était vide ! Il n'y avait plus ni livres, ni affiches, ni draps, ni oreiller, ni ballon de foot. Rien !

– Qu'est-ce..., commença Constance.

– Oh, mon Dieu ! fis-je à mi-voix.

La pièce se mit à tourner autour de moi.

– Bon, calme-toi ! me dit Constance, qui était tout sauf calme elle-même.

Nous fîmes ensemble un petit tour d'inspection. Le lit était vide, le bureau et la penderie aussi. Tout avait disparu, comme si je n'avais jamais vécu ici.

– Il doit y avoir une explication rationnelle, dit Constance.

– Quoi, par exemple ?

J'étais au bord de la crise de nerfs. D'abord Thomas, et maintenant ceci. Ça faisait beaucoup pour une seule matinée.

Constance se mordit la lèvre :

– Tu as remonté ta moyenne, n'est-ce pas ?

Un instant, j'imaginai le pire :

– Tu crois qu'ils m'ont fichue dehors ?

– Non ! Je n'en sais rien ! s'écria Constance, au désespoir. C'est juste que... Où sont tes affaires ?

– Il faut que je sorte, dis-je en me dirigeant vers la porte sur des jambes tremblantes.

J'avais l'impression d'être dans un rêve.

– Il faut que j'aille voir... quelqu'un.

Mlle Naylor, peut-être. Ou le doyen... Qui diable allait-on voir quand nos affaires disparaissaient ? M'avaient-ils renvoyée pour de bon ?

Et soudain, je compris : les filles Billings ! Je revis Natasha accuser Noëlle d'avoir fait renvoyer Leanne. Avaient-elles trouvé un moyen de me faire virer, moi aussi ? Étaient-elles allées jusque-là pour me punir d'avoir pardonné à Thomas ? En avaient-elles seulement le pouvoir ?

Un nœud me serra l'estomac et je crus que j'allais me trouver mal. Ma vie à Easton était terminée. Mes espoirs, mes rêves, mon futur. Tout était envolé.

– Tu veux que je t'accompagne ? me demanda Constance.

– Non. Reste avec tes parents, lui dis-je, retrouvant un brin de lucidité. Je... Je reviens.

« Enfin, j'espère... »

J'empruntai le couloir en titubant et descendis l'escalier quatre à quatre, manquant plusieurs fois de me casser la figure. Lorsque je sortis dans la cour, le soleil m'aveugla et j'hésitai une seconde, désorientée. Où aller ? Je voulais parler à quelqu'un, mais à qui ? Comment me tirer de ce mauvais pas ?

Au même instant, mon portable sonna et je faillis mourir de peur. Les mains tremblantes, je sortis le minuscule combiné de ma poche et consultai l'écran. Le numéro était masqué. J'appuyai sur le bouton sans savoir qui m'appelait. Je ne savais même pas qui j'aurais aimé avoir au bout du fil.

– Allô ?

– Qu'est-ce que tu fabriques là toute seule, Lèche-vitres ?

Je fis brusquement volte-face et levai les yeux vers Billings. Les rideaux étaient tirés à toutes les fenêtres, à l'exception d'une seule. Derrière ses vitres, Noëlle me regardait. Elle sourit et je fus prise d'une véritable panique.

– Si tu veux savoir où sont tes affaires, viens ici, m'ordonna-t-elle. Tout de suite !

– C'est toi qui les as ?

Noëlle avait déjà raccroché. Je regardai une nouvelle fois la fenêtre derrière laquelle elle était apparue. Elle y était toujours, tout sourire. Elle leva la main et forma un crochet avec son doigt pour m'inviter à la rejoindre. Puis, très lentement, les rideaux se refermèrent.

Bienvenue à Billings

Lorsque j'entrai dans la maison Billings, mon premier réflexe fut de rebrousser chemin. Quatorze filles m'attendaient dans le hall, installées en demi-cercle autour de Noëlle. La pièce aux rideaux fermés était plongée dans l'obscurité. Des chandelles vacillaient sur le manteau de la cheminée et chacune des filles tenait à deux mains une bougie noire, qu'elle brandissait devant elle. Je m'arrêtai sur le seuil, hésitante. Quel était ce rituel ? Un sacrifice ? Avaient-elles décidé de tuer la nouvelle pour effacer la honte qu'elle leur avait infligée ?

Noëlle avança d'un pas, me tendit une chandelle éteinte, prit mon bras dans une main de fer et m'attira au centre de la pièce. Le cercle des filles se referma autour de nous. La lumière vacillante des flammes déformait leurs traits.

« Cours. Sauve-toi et pars sans jamais te retourner ! »

Noëlle saisit ma main, la leva et pencha sa chandelle vers la mienne pour l'allumer. J'avais les doigts tremblants et la bouche pâteuse. Elle recula et me fit face. Ses yeux étaient totalement inexpressifs. Qu'allaient-elles me faire ? Pourquoi étais-je ici ?

– Les femmes de la maison Billings t'accueillent dans leur cercle, Reed Brennan, psalmodia Noëlle.

Mon cœur se mit à battre en accéléré et je fus prise de vertige. Les couleurs et les visages se mêlèrent. J'avais du mal à respirer.

« Elles m'accueillent dans leur cercle ? Qu'est-ce que cela signifie ? Cela veut-il dire que... »

Je reconnus Kiran dans la pénombre et son regard franc me rasséréna. Près d'elle, Taylor réprimait à grand-peine un sourire. Alors, je compris enfin.

J'entrais à Billings. Elles m'invitaient à vivre avec elles. C'étaient elles qui avaient pris mes affaires. Elles les avaient prises pour les apporter ici. Je n'étais pas renvoyée. Au contraire, j'étais plus acceptée que jamais !

J'étais une fille Billings, désormais.

Étourdie de joie et de soulagement, je cherchai dans le cercle le visage d'Ariana. Ma première amie. Celle qui m'avait introduite ici, celle qui était à l'origine de tout cela. Je voulais la remercier, lui montrer à quel point elle comptait pour moi. Je lui devais tout.

Quand je la trouvai enfin, je m'aperçus qu'elle avait le regard perdu dans le vague, comme souvent ; comme ce premier soir où je l'avais vue depuis ma fenêtre. La bougie faisait danser des ombres sur son visage et rendait son expression impénétrable. Brusquement, une sourde angoisse m'étreignit le cœur.

« Arrête de te faire des films, me sermonnai-je. Ce n'est qu'Ariana. »

Incapable de la quitter les yeux, je la dévisageai en cherchant désespérément à retrouver la fille que je connaissais. Un détail m'en empêchait. Il y avait quelque chose d'éteint dans son visage.

Noëlle était debout près de moi, mais tournée vers ses camarades.

– Mesdames... commença-t-elle.

C'était un signal.

– Bienvenue parmi nous, Reed ! s'écrièrent en chœur toutes les autres filles.

Ariana sortit alors de sa rêverie et je me figeai. Au fond de ses yeux, ce n'était que noirceur.

Noëlle se pencha à mon oreille et me dit dans un souffle :

– Tu es des nôtres, désormais.

Puis les chandelles moururent toutes ensemble et les ténèbres se refermèrent sur nous.

À suivre...

À suivre dans Campus, tome 2

Nausée

– Ça va aller, répondit Whittaker. Attends, je t'aide.

Il passa son bras solide autour de ma taille et je me sentis aussitôt rassurée ; moins bancale, en tout cas. Je débouchai la flasque et bus une longue lampée d'alcool. Mmmmmm. Le Hayes spécial était un régal… et le corps de Whittaker était si chaud ! Je fermai les yeux pour savourer l'instant, avant d'incliner de nouveau le flacon. Et soudain, je me retrouvai prise dans un tourbillon. J'eus un hoquet de surprise ; le liquide fit fausse route et je m'étranglai, pulvérisant de l'alcool tout autour de moi.

– Ça va ? me demanda Whittaker.

– Oui, oui, très bien ! dis-je, pliée en deux.

Il tira de sa poche un mouchoir, qu'il me tendit. Je toussai dedans et m'essuyai le visage. Le mouchoir était doux, sentait le musc et était brodé à ses initiales. Décidément très vieux jeu. Enfin, ça n'avait rien de surprenant.

– Je suis désolée ! dis-je en reprenant enfin ma respiration.

Je voulais lui rendre le mouchoir, mais il ferma sa main sur la mienne.

– Garde-le. Il est à toi.

Je rougis et reniflai.

– Tu dois me trouver lamentable...

Il me regarda dans les yeux.

– Absolument pas ! Je te trouve extraordinaire, au contraire.

Sur ces mots, il m'embrassa. Au début, c'était agréable, malgré les images de Thomas qui affluaient sous mes paupières. Je lui rendis son baiser. Sous l'emprise de l'alcool, je n'étais pas loin de me rendre aux arguments de Noëlle : je ne devais rien à Thomas, ce goujat qui m'avait quittée sans un mot. D'ailleurs, s'il était en train de faire la fête ailleurs ainsi que le suggéraient ses amis, qui sait ce qu'il faisait à ce moment précis, et avec qui ? Libre à moi d'embrasser qui me plaisait. En plus, Whittaker était un chic type, malgré ses « absolument », ses « tout à fait » et sa manie de faire référence aux sixties pour tout et n'importe quoi. J'avais envie de l'embrasser. Si, vraiment !

Lorsque j'enlaçai son cou épais pour rétablir mon équilibre, Whit prit de l'assurance. Il colla brutalement sa bouche sur la mienne et lui imprima un étrange mouvement de va-et-vient. On aurait cru qu'il essayait d'allumer un feu avec nos lèvres. Espérant calmer ses ardeurs, je pris son visage entre mes mains. Il dut y voir un signe d'encouragement, car soudain, sa langue était partout, écartant mes lèvres et forçant le passage entre mes dents.

Je voulus le repousser, mais me ravisai de crainte de l'humilier. Avec un peu de chance, il ferait des progrès fulgurants ; ou alors, il s'emmêlerait les pinceaux et arrêterait de lui-même.

J'en étais là de mes pensées quand sa grande main atterrit sur un de mes seins et se mit à le presser comme une orange. Brusquement, Thomas se présenta à mon esprit aussi nettement que s'il s'était trouvé devant moi en chair et en os, avec son sourire irrésistible. Je revis ses caresses, crus sentir de nouveau la douceur de sa peau contre la mienne. Qu'est-ce que je fabriquais ? Qui était ce type qui me tripotait comme un mannequin d'exercices de réanimation ?

Je sentis venir un haut-le-cœur et je retins ma respiration. Au secours ! J'allais vomir. J'allais dégobiller dans la bouche de Walt Whittaker !

Dans un sursaut de volonté, j'appliquai mes mains sur ses épaules et le poussai de toutes mes forces. Puis je me détournai sans lui laisser le temps de protester, m'agenouillai et vomis sur le tapis de feuilles, derrière le rondin sur lequel nous étions assis. Les yeux me piquaient, j'avais la gorge en feu et mon ventre était secoué de spasmes douloureux. Whittaker s'éloigna pour me donner un peu d'intimité. Encore heureux ! Il n'aurait plus manqué que le mec que je venais d'embrasser me voie vomir.

– Ça va ? me demanda-t-il au bout d'un moment, lorsque je me calmai enfin.

C'était la phrase du jour !

Je hochai lentement la tête, trop honteuse pour parler.

– Je peux te raccompagner à Billings ?

Je hochai de nouveau la tête. Whittaker m'offrit ses mains pour m'aider à me relever et nous nous dirigeâmes vers la clairière. Chemin faisant, il me passa un bras sur les épaules et je me laissai aller contre lui, aussi molle qu'une pâte trop cuite. Tous les autres nous regardaient. Je préférais ne pas imaginer de quoi j'avais l'air. Un bref instant, mes yeux se posèrent sur Josh. Il avait l'air sinistre.

– Salut, les amoureux ! fit Noëlle avec un sourire ravi.

– Je la raccompagne, annonça Whittaker, très fier.

– C'est sympa, marmonna Dash.

– Prends soin d'elle, lui recommanda Noëlle en lui tapotant le dos.

Si j'en avais eu la force, j'aurais sans doute esquissé un sourire. Honteuse, écœurée comme je l'étais, j'avais malgré tout remarqué que j'avais fait plaisir à Noëlle. C'était déjà ça...

Cendrillon

Ma première pensée fut pour l'épouvantable goût de caniveau dans ma bouche, aussi sèche que si j'avais saupoudré ma langue de talc. La seconde fut pour la douleur fulgurante qui me vrillait le crâne. La troisième pour mon corps transi de froid. La quatrième pour le vacarme. « Blam ! Blam ! » Un bruit régulier, atroce, incessant !

– Debout, nouvelle ! Il est six heures passées ! Le monde appartient à ceux qui se lèvent tôt !

Chaque nouveau « blam » résonnait dans mes tempes et s'accompagnait d'une salve de douleur.

Je me forçai à ouvrir les yeux, clignai plusieurs fois des paupières pour humecter ma cornée douloureuse avant de reconnaître devant moi le mur crème de mon dortoir. Au-dessous de moi, il y avait mon matelas. Tout le reste n'était que chaos.

– Allez, marmotte ! Les vacances sont terminées ! Sors ton cul de ce lit !

C'était Noëlle qui hurlait par-dessus le vacarme. Je me tournai brusquement sur le dos et la douleur faillit m'aveugler. Je fis un bref tour d'horizon et ravalai un soudain afflux de bile. Noëlle n'était pas seule au-dessus de moi. Il y avait aussi Kiran, Taylor, Ariana, Natasha et quatre autres filles Billings dont je ne me rappelais pas le prénom, dans mon semi-coma.

Kiran frappait sur un tambourin métallique avec une paire de ciseaux. Taylor, les yeux creux et bordés de rouge, brandissait un aspirateur de table avec une détermination farouche. Natasha, debout au pied de mon lit, tenait mes couvertures entre ses mains - d'où la chair de poule !

– Qu'est-ce que vous faites ? gémis-je.

Je refermai les yeux et pressai sur mes paupières. À mon grand soulagement, le vacarme cessa. Je pris mon front entre mes paumes pour contenir un probable épanchement de cerveau.

– C'est l'heure des corvées, Nouvelle ! claironna Noëlle.

Je plissai le front, incrédule. Une nouvelle onde de douleur me traversa le crâne.

– Quoi ?

– Tu ne croyais pas t'en tirer à si bon compte ? ricana Kiran

Ses cheveux étaient remontés en chignon au sommet de sa tête et sa peau mate, soulignée par le blanc de sa robe, brillait comme si on l'avait polie. Cette fille avait bu plus que personne la veille au soir, mais elle n'avait rien perdu de sa beauté photogénique.

– Non, non ! Pourquoi crois-tu qu'on t'a invitée ? Maintenant, tu es à notre disposition 24 h sur 24 et tu dois faire tout ce qu'on te demande. C'est comme ça que ça marche, pas vrai, les filles ? demanda-t-elle à ses amies avec un sérieux feint.

– Euh... oui, je crois, dit Ariana.

Son léger accent du sud atténuait la méchanceté de sa réponse.

– Tiens ! fit Taylor en me tendant l'aspirateur à main.

La fatigue la vieillissait. Elle paraissait au moins dix ans de plus.

– Je n'ai pas aspiré sous mon lit depuis la rentrée, dit-elle. Ça commence à m'irriter les sinus.

Interdite, je pris l'appareil et le serrai contre ma poitrine. Je n'osais pas m'asseoir, de peur que ma tête ne se désolidarise du reste de mon corps.

– Quand tu auras terminé, ajouta Noëlle, tu feras les lits et tu aspireras dans le couloir. Tâche d'avoir fini avant le petit déjeuner. L'autre aspirateur est dans le placard du couloir.

Je les dévisageai, les tempes bourdonnantes. Elle me toisaient avec impatience.

– Vous êtes sérieuses ? croassai-je.

Noëlle se pinça le nez et agita la main.

– Je te suggère de commencer par un bain de bouche. Je ne voudrais pas que ton haleine infecte pollue l'air de ma chambre. Allons-y, mesdemoiselles.

Elles sortirent l'une après l'autre en traînant des pieds. Seule Natasha resta. Elle jeta mes draps par terre et les piétina au passage pour aller s'enfermer dans notre salle de bains commune. Je voulais me lever, mais entre ma migraine, mon estomac barbouillé et ma gorge sèche, cela me semblait physiquement impossible.

– Tu as intérêt à terminer avant le petit déjeuner, me répéta Noëlle en s'arrêtant sur le seuil. Autrement, ce soir, on t'enverra récurer les toilettes à la brosse à dents. Avec *ta* brosse.

– Je me lève ! dis-je en m'asseyant bien droite.

La pièce se mit à instantanément à tourner autour de moi et il me sembla que mon cerveau se ratatinait sous la pression de mes tempes. Je fermai les yeux, luttant contre une nouvelle vague de nausée.

– Tu es une bonne fille, dit Noëlle avant de sortir en claquant sciemment la porte derrière elle.

CAMPUS

Bienvenue sur
le campus d'Easton !

Kate Brian
CAMPUS
1 Bienvenue à Easton
bayard

Kate Brian
CAMPUS
2 Sur invitation
bayard